あやかし狐の身代わり花嫁

シアノ Shiano

アルファポリス文庫

https://www.alphapolis.co.jp/

一章

シャン、とどこかで鈴が鳴った気がして私は歩みを止めた。

小さい集落から更に人気（ひとけ）のない方へ向かう細い一本道の手前。夕暮れ時の小道に黒松が暗い影を落としていた。

「小春（こはる）ちゃん、今帰り？」

話しかけてきたのは手前の集落に住むお静（しず）さんだった。

お静さんの背中には半年ほど前に生まれた八重（やえ）ちゃんがおんぶされている。

八重ちゃんは丸々とした指でどこかを指差し、むにゃむにゃと私には分からない言葉を呟いていた。

私はそんな愛らしい姿に少し微笑んだ。しかしその笑みは長続きしない。

「はい。女学校に手続きに行ってきたんです」

「……そう、学校辞めちゃうんだって？　もったいないねえ……友達と別れるのも寂しいでしょうに」

「父が亡くなっては通えませんから……」

「元治（げんじ）さんねぇ……本当に急なことで」

——つい先日、父さんの初七日が終わったばかりだった。

神妙な顔をするお静さんに私は軽く頭を下げた。

「先日はお葬式に来てくださってありがとうございました」

「なに水臭いこと言ってるの。それより一人じゃ味気ないでしょ。夕飯食べて行かない？　やかましい家で悪いけどさ」

「ありがとうございます。でも、朝の残りがあるから片付けなきゃ」

子だくさんのお静さん夫婦は五人の子持ちだ。それに舅（しゅうと）と姑（しゅうとめ）もいる。きっと賑（にぎ）やかで楽しい夕飯になるのだろうが、急にお邪魔してはきっと迷惑になってしまう。

私の返答にお静さんは複雑そうに微笑む。

「そうかい。それならもうじきに暗くなるから、急いだ方がいいね。気を付けて帰んなよ」

「うん、ありがとう」

私は会釈（えしゃく）をしてお静さんと別れ、小道を進む。

きっと先程の鈴の音は八重ちゃんの玩具か何かの音だろう。

そう思いながら、私は黒松の影を踏んだ。

家に続く小道は鬱蒼と黒松の生えた林の中に伸びていく。

幹が黒々とした黒松であるせいか、林の中は日中でもどことなく薄暗さを感じさせた。それが夕暮れ時なら尚更だ。

——黒松は境目の木だから、気を付けなさい。

そう教えてくれたのは、今は亡き父だった。

黒松は神様のいる彼方と此方を隔てている木なのだという。

だから、呼ばれても行ってはいけないよ、と。

門松に松竹梅。どちらかと言えば目出度い印象のある松の木に対し、うっすらと恐ろしい気持ちが付き纏っているのは、あの時の父さんの言葉のせいだろうか。

夕暮れ時は鬼が出る。逢魔が時——そんな言葉も思い出して、私はかぶりを振った。

チラリと見上げた西の空は、まるで燃えているかのように赤い。急がなければあっという間に暗くなってしまうだろう。

私は足を急がせた。家はこの細い一本道の行き止まりに建っている。周囲に他の家はなく、黒松の林は途切れることなく続いていた。

家の周囲はぐるりと全てが黒松の林で、かまどや風呂を焚く着火剤として燃えやすい松の葉やまつぼっくりを使うことはあったが、拾いに行くのも家の周辺だけ。あまり松林の奥に行かないように、薪にするなら落ちた枝以外手を付けてはならんと、たびたび父さんから言われていたものだ。

数年前、集落から少し離れた由良家にも遅ればせながら電気は通ったけれど、未だに街灯はなく、暗くなれば月明かりのみ。銀座や浅草ならば夜でも街灯が煌々と道を照らしていると聞くが、このあたりはまだまだ。かつてはそれなりに栄えた宿場町だったこの地には、鉄道こそ走っているものの、中心地から少し離れただけでだいぶ寂れている。

気が付けば赤々としていた夕焼けも消え去り、わずかな残照があるだけだった。家まであと少し。今日は晴れているから、いずれ月が出てくるはずだ。

父さんが生きていた頃は、私が遅くなると玄関先で石油ランプを点けて待っていてくれたものだ。しかし、もう誰も家で待ってはいない。

それを思うと、チクリと胸に刺すような痛みが走る。

母は私が幼い頃に亡くなっていた。そして細工師をしながら、男手一つで育ててくれた父も、もういない。

じわりと涙が浮かぶのを堪え、私は足を止めた。

袖で目元を拭う。悲しみを誤魔化すように黒松のざらざらとした木肌に触れた。そのまま片手で松の木にもたれ、急ぎ足で上がった息を整える。

――シャン。

鈴の音だろうか。不意に高く澄んだ音がした。

人家もないこんなところに？　それとも集落の子供が忘れていった鈴が木の枝にかけてあるのだろうか。

そう首を傾げた時、頬にポツリと冷たい感触が当たった。

雨だ。そう思う間にも、ポツポツと髪や肌に雨粒が落ちてくる。あっという間に本降りになる音がし、地面には早くも水溜りが出来て雨粒が弾けるように跳ねている。

家まであと少しだが、走ったところで家に着く頃には濡れ鼠だ。

（変なの。ついさっきまで晴れていたはずなのに）

たまたま木の下で立ち止まっていたため、迫り出した松の枝がいい具合に傘の代わりになってくれていた。幾分かは細い松の葉の隙間を通って冷たい飛沫が落ちてくるが全身が濡れるほどではない。

それならば、いっそ家まで続くこの松林の中を通り抜けてしまえばいいのでは。今日の着物は一張羅。女学校に通う際によく着ていた着物に袴だった。今後、職を求めるのにも、きっとこの着物を着る機会は多いだろう。出来る限り濡らしたくない私にはそれは名案に思えた。

私は松林の奥をそっと窺う。

松林は暗い。けれど今ならまだかろうじて足元が見えるから歩けないこともない。このまま木の下で立ち止まっていても雨がやむ保証はないし、もたもたして真っ暗闇になってしまえばもう松林は通れなくなる。

ここを通るか、それとも濡れるかの二択だ。

私は小さく息を吐いて松林に足を踏み入れた。松の独特の香りが鼻をくすぐる。

松林は途切れることなく家の裏手まで続いていた。道沿いに進めば迷うことはない。足元の根に蹴躓かないようにだけ気を付ければいいはずだ。

――シャン、シャン、シャン。

また鈴の音だ。

私は、ハッと息を呑む。

松の木の奥に温かみのある光が見えた気がした。

あれは父さんが玄関に灯(とも)してくれていた石油ランプ——いや、そんなはずはない。

だって父さんは、もうこの世にはいないのだから。

そう思ってはいても、足は自然と道沿いから逸れ、ふらりふらりと松林の奥に向かっていた。家ではなく松林の奥へ。

雨粒が松の葉を叩く音と共に鈴の音が一定間隔で聞こえている。

何故かその音を聞いていると、側頭部がじんわりと痺(しび)れ、足元がふわふわした。

不意に松林が開けた。人がギリギリ二人並んで通れそうな幅の狭い道が現れて、私は目を瞬(またた)かせる。

(——こんな道、あったかしら)

私はそっと黒松の幹に縋(すが)る。

鈴の音はだんだんと大きくなり、こちらへ近付いてくる。正体も分からぬそれが恐ろしい。

何かに急(せ)き立てられるように、鈴の音が聞こえてくる方と逆に向かった。すると、そちらからさらさらとせせらぎが聞こえてくる。川があるのだ。

「あ……ここ、お屋敷のある方だわ」

私は不意に幼い頃のことを思い出した。

幼い頃、それなりにお転婆だった私は、何度か父さんの言いつけを破って、こっそり松林の奥へ探検に行っていたものだ。

薄暗い松林の奥には、そう広くはないが水量の多い川が流れていた。その対岸には大きなお屋敷を囲う、土塀が続いていたはずだ。

背の高い土塀で遮(さえぎ)られ外からお屋敷は見えなかったけれど、瓦のついた土塀はとても立派で、幼心にきっとお金持ちの住むお屋敷があるに違いないと思っていた。だから、父さんは松林の奥へ行くことを禁じるのだろう、と。

せせらぎのする方へ向かえば、記憶の通り川が現れ、そこに小さな橋がかかっている。その橋がまた風変わりなのだった。

橋の手前側、それから渡った先に、門が二つあるのだ。おそらくこの屋敷専用の橋なのだろう。

しかし、こんな二重の門では橋を渡るにも、まず手前の門を開けてもらわねばならない。それともお金持ちのお屋敷はどこもこういうややこしい造りなのだろうか。

橋の手前側の門扉(もんぴ)にかかった表札には『尾崎(おざき)』という苗字が刻まれていた。

「……間違いない。尾崎さんの——」

どうやらこの細い道は尾崎家へ向かう道だったらしい。

見ると、今まで一度も開いているところを見たことがない尾崎家の門が――開いていた。

私は、尾崎家の門が見える位置で足を止めた。

シャン、シャンと鳴る鈴の音はやむことなく私の耳に届いている。

音だけではない。遠くにあった光が段々大きくなっていくのが分かった。

何かが、近付いてくる――

私は一際太い松の木の陰に隠れるようにして、その光景を見守っていた。逃げ出したいのに、一体何がやってくるのか見ていたい。そんな相反する気持ちが心の中でせめぎ合っている。

「――おや、花嫁殿かい？」

「きゃっ！」

足音もなく、背後から声をかけられて、私は文字通り飛び上がった。

振り返ると狐面をかぶった男が立っていて、私は息を呑む。

狐面だけでも怪しいが、その男は全身がチグハグで違和感しかなかったからだ。

紋付袴(もんつきはかま)姿だけれど、立派な着物に不釣り合いなボサボサに伸び切った蓬髪(ほうはつ)頭。その赤茶けた髪の色と同じ色の大きな尻尾(しっぽ)がふさり、ふさりと左右に揺れている。

──狐の尻尾だ。

驚きのあまり腰が抜けそうだ。私は手近な松の木に縋り付いてやっとのことで立っていた。

声も出ない私に、狐面の男は首を傾げる。

「ふぅむ。その反応、私の花嫁殿ではないようだ。それなら用はない。お嬢さん、もう暗いから早く家にお帰りなさい。これからここに花嫁行列がやってくるんだ。邪魔をしちゃいけないよ」

「は、はい……ごめんなさい」

私はやっとのことでそれを言うと胸を押さえた。心臓がバクバクと激しい音を立てている。

狐面、そして作り物とは到底思えない狐の尻尾。

──妖だ。

父さんの言っていた通り、黒松の林には入ってはいけなかったのだ。狐の妖に見つかってしまった。

逃げようにも腰は抜けかけ、膝が震えていて一歩も動けない。

狐面の男はそんな私を意に介さず、蓬髪を掻いて鈴の音が鳴る方を向いた。

「ああ、いかん。もう来てしまった。いいかい、お嬢さん。花嫁行列が通り過ぎるまで決して音など立てず、静かにしてるんだよ」

男は狐の面の口あたりに人差し指を立てる。

そのまま足音を立てずに松の林から出ると、花嫁を出迎えるように尾崎家の門の前に立った。

（……見逃してもらえたの？）

私は狐面の男の言う通りに息を殺して幹の陰に隠れた。松の木に縋（すが）る手が緊張でぶるぶると震えている。鼓動もまだ速い。その時、鈴の音が一際大きく聞こえた。

しとしとと降る雨の中、花嫁行列がやってくる。

狐の嫁入りは雨が降る――私はその言葉を思い出していた。

鬼火（おにび）――この場合は狐火（きつねび）というのだろうか。火の玉が周囲をいくつも飛んでおり、行列を照らしていた。雨粒が火の玉を反射してキラキラと光っている。

まさにこの世のものとは思えないほど美しい。私は息をするのも忘れて、食い入るように見つめていた。

先頭は神職の白装束（しろしょうぞく）の男。鈴の付いた錫杖（しゃくじょう）を持っている。錫杖（しゃくじょう）が地面を突くたび、あたりにシャンと鈴の音が響いた。

その音を聞いていると夢の中のように現実感が失せ、頭が痺れてぼうっとしてくる。足元がふわふわして、立っていることを忘れてしまいそうだ。縋り付いた幹のざらつきが手のひらに食い込む。その痛みのおかげで私は意識を飛ばさずにいられた。

錫杖を持つ男の後ろには、闇の中でほんのり光る白無垢を着た花嫁の姿。雨の中だというのに長い裾を引き摺り、滑るように進んでいく。

更にその後ろは親族らしき紋付の羽織袴や黒留袖の男女がずらりと立ち並び、わずかな乱れもなく行列を構成していた。しかしその花嫁行列の全ての人が狐面をかぶっており、一切表情を窺えない。

不可思議で恐ろしいのに目を離せないほど美しい。

――これが狐の嫁入り。

花嫁行列は門の手前で立ち止まる。

花嫁と花婿――おそらく先程の狐面の男が花婿なのだろう。彼らが向かい合うのが見えた。

きっと合流して尾崎の門をくぐるのだろう。そこまで見届けたら私も帰ろう。

安堵の心地でそっと息を吐いた。つい気を抜いてしまったのだろう。力の抜けた足元でパキリと硬い音がした。

落ちた小枝を踏みつけた些細な音。

まさか聞こえるはずがない――そう思った次の瞬間、花嫁が振り返り、私の方を見た。

――目が合った。

狐面越しだというのにそんな気がした。

心臓が一際大きく音を立て、背中をどっと汗が流れる。

「――誰じゃ⁉」

高い女性の声。花嫁が私の方を指差し、そのまま指をくの字に曲げた。

「出ておいで！」

「ひっ！」

指でくいっと引っ張るような花嫁の動きに合わせて、私の足が勝手に動き出す。

（いやっ、なにこれ……体の自由が利かない）

ギクシャクとした操り人形みたいな動きで、私の体は彼らの前へ引き摺り出されてしまった。

「人間ではないか！　せっかくの嫁入りに邪魔が入った！」

花嫁は怒気を漲らせ、面越しに私を睨む。狐面の角度が変わったからか、面の表情まで恐ろしいものに見えた。

全身に痙攣のような震えが起こる。

「しかもお前、嫌な匂いがするじゃないか。つい最近、死に触れただろう。ここに穢れを持ち込みよったな！」

その言葉に心臓を冷たい手で掴まれたような気がした。

体が動かない。歯の根が合わないほど震えることしか出来なかった。

「ご、ごめんなさい……」

私は震えながらやっとのことで謝罪の言葉を絞り出した。

死に触れた――おそらくそれは亡くなった父のことを指している。まだ初七日を過ぎたばかり。わざとではないけれど、婚儀という晴れの日に穢れを持ち込んだのは否定出来なかった。

「まあまあ花嫁殿。せっかくのめでたい日ではないですか。そのような通りすがりの娘一人捨て置きましょう。さあさ、屋敷の中へどうぞ」

「うるさいっ！」

狐の花嫁は花婿の取りなしにも落ち着こうとしない。癇癪を起こしたように地団駄を踏み、狐面を外した。同時に綿帽子もはらりと地面に落ちる。

面の下から切れ長の目をした美女の顔が露わになった。しかし髪を乱し、憤怒の表情を浮かべる顔は、まるで般若の面の如し。

「嫌なものは嫌じゃっ！　……ああ、ケチが付いた！　そのような結婚など、妾は願い下げじゃ！」

狐の花嫁は私をキッと睨む。

手にしていた狐面を地面に叩きつけるや否や、花嫁行列を構成していた男女が全て青い炎に包まれる。ガシャンッと激しい音がして、持ち手を失った鈴錫杖が地面に落ちた。

めらめらと燃え上がったのは人形をした紙であった。あっという間に燃え尽き、雨の中、薄く煙が立ち昇っている。

この場に残されたのは狐の新郎新婦と私だけになった。

もしや私も同じように焼かれてしまうのでは、という恐怖に青ざめる。この場から逃げ出したいのに、私の体は麻痺したように動かなかった。

「花嫁殿！　どうか落ち着いて」

狐婿は慌てて花嫁に取り縋るが、花嫁はにべもなくその手を振り払った。

「妾は帰る。破談じゃ！」

「待ってくださいよ、そんな……こっちにも都合というものが」

「知らぬ、知らぬっ！」

狐の花嫁はそっぽを向いて、己が髪を一本引き抜いた。

地面にはらりと落ちた髪はするりと馬の形を取る。本物にしか見えない青毛の馬はいななきを上げた。

狐の花嫁がその背にさっと横乗りをすると、馬は颯爽と空へ駆け上がっていく。

「ふん、妾に落ち度はない。悪いのはその人間の娘じゃ！」

空飛ぶ馬に乗った狐嫁はそう言い捨て、袖をはためかせて去っていく。

花嫁が見えなくなると、それまで痺れたように動かなかった体がふっと軽くなり、手足が動くことに気が付いた。

私はゴクリと唾を呑み込み、一目散にその場から駆け出した。

「わあ、ちょっと！」

狐婿がわあわあ言う声が背後から聞こえたが、振り返らなかった。

走りながら袂をほんの少し引っ張られたような気がしたが、枝に引っ掛けただけだろう。

暗い松林をしゃにむに走る。何度も躓きそうになるが、足は止めなかった。枝に肌を引っ掻かれても、おさげに編んだ髪が絡め取られても走り続ける。今日の履き物がブーツであったのは幸いだった。草履(ぞうり)では林の中をこんなに走れない。

追いつかれてはいけない。私は必死に走った。

突然松林が開け、家に続く一本道へ転がり出た。見覚えのある場所に安堵して、その場に膝をつく。

髪はボサボサで、大事な着物には土が付き、かぎ裂きもありそうだ。枝に引っ掛けた肌があちこち痛む。

でも、帰ってこられたのだ。荒くなった息を整え、走り過ぎて痛む肺のあたりを押さえた。

そして気が付く。さっきまでの雨が嘘のようにやんでいた。それどころか地面に水溜りはおろか、湿り気すらない。

空には月が昇り、家への小道を照らしていた。

狐の嫁入り——まさに狐に化かされたのか。

私は立ち上がり、家路を急いだ。

月明かりの中、ようやく家が見えてホッとしたのも束の間。

無人のはずの家に明かりがついているのに気が付いて身構えた。私は眉を寄せ、抜き足差し足で近寄った。

そっと玄関の引き戸に耳を近付ける。男女の笑い声が聞こえて、更に眉を寄せた。叔母夫婦だ。

玄関の鍵が開いている。いつの間にか予備の鍵を持っていかれていたらしい。

がらりと玄関を開け、土間へ向かう。足元に空（から）の酒瓶が転がっていた。土間にまでむっとした酒臭さが立ち込めている。その酒瓶は、父に供えていたはずのものだった。

居間で酒を飲んでいたらしい叔母が、とろりと濁（にご）った目をこちらに向けた。

「あーら、随分と遅かったじゃなぁい。あんまり遅いから心配したわぁ」

そう言いながらにじり寄り、酒臭い息を吹きかけてくる。私はそれを避けて顔を背（そむ）けた。

「あの、ちょっと、なんですか。人の家に勝手に上がり込んで……」

「アタシらは一人になっちゃった小春を心配してんのよぉ」

彼女は亡くなった母の妹だ。若い頃、素行の悪い男に引っかかり、親の反対を押し切って駆け落ち同然で出ていったと聞いていた。だが数年前から、たびたび我が家に顔を出しては、父に金を都合してくれと頼みにくるようになっていた。

堅気には思えない派手な着物の衿を抜いた着こなし。唇には濃い紅を付け、酒杯片手にしどけなく座っている姿はまさに女狐という言葉がぴったりの女だった。

「なーに他人行儀なこと言うとるんじゃ。小春の身内はもうワシらだけなんだから助け合っていこうや」

そう言ったのは叔母の連れ合いである叔父だ。

「だからって、お供えのお酒まで……」

「はは、あんまりにも待たせるものだから、ちょっと一杯、な」

叔父は信楽焼の狸みたいな太鼓腹を抱えてゲラゲラ笑う。叔母が女狐ならこちらは狸親父だ。叔父の横にも酒の空き瓶が転がっていて、どう考えても一杯どころの話ではない。

「やめてください……鍵も返して！」

夕飯にする予定で炊いておいた煮物の器が空っぽになっている。父さんが作ってくれたちゃぶ台の上が、散々飲み食いした跡で汚れているのを見て、湧き上がる怒りに胸を押さえた。

「出てってください。もう貴方たちに渡すお金もありませんから」

「なんじゃい、生意気に！　半人前の小娘がっ！」

叔父は赤ら顔を更に赤くして私を怒鳴りつけた。

怒鳴り声は無条件で恐ろしい。私は首をすくめて身を縮める。

「あーもう、アンタ、やめなってぇ！　怯えてるじゃないさ」

叔母は酒杯をトンと音を立ててちゃぶ台へ置いた。そして、目を細めて猫撫で声を出す。

「小春ぅ、アタシらはさ、アンタが心配なんだよ。義兄さんも死んじゃって、学校だって続けられないでしょうが。アンタこれからどうするつもりよ」

「……女学校は辞めてきました。どうにかして働き口を探します。叔母さんたちに迷惑はかけません」

女工か、それとも給仕か。仕事を選ばなければ働き口はあるはずだ。

父さんの初七日も終わり、手続きの類も概ね済んだ。葬式に来てくれた父の師匠に、仕事の紹介を頼めないか近いうちに相談に行くつもりだった。

「働くって、ねえ。アンタみたいな世間知らずの子供が？　笑わせてくれるよ。アタシ、タイピストになりたいのぉ、とでも言う気かい？」

叔母は自分で自分の言ったことに腹を抱えて笑っている。馬鹿にされた怒りと羞恥にカッと顔が熱くなるのを感じた。

「それになぁ、お前の父さんはワシらに借金があるからな。女工（じょこう）やなんかで働いたところで、簡単には返せない額だぞ」

「……そんなっ、嘘よっ！」

私は愕然（がくぜん）として叔父を見た。

無理をして女学校に通わせてくれていたのは知っていたが、父との生活は質素そのもので借金の話など一度も出たことがなかった。なにより、真面目で堅実な父が、無闇に借金を作るはずがない。

「嘘なもんか。ワシは偉い弁護士様だぞ。ちゃーんとお前の父さんが書いた借用書だってある。お前は知らんだろうが、元治義兄（にい）さんはお前の縁談のためにあちらこちらに金を撒（ま）いていたのさ」

「そうそう。アンタにいいところにお嫁に行ってほしいって、義兄（にい）さんの親心じゃないのぉ」

叔父は弁護士を自称していた。胡散臭（うさんくさ）いことこの上ない叔父を、父は詐欺師まがいの代言人（だいげんにん）と言って嫌っていたことを覚えている。たとえ借金をするにしても、この叔父から借りるはずがない。

しかし見せられた借用書には確かに父の名前が書かれていた。借金の額は一般的な女工の給料の二十倍以上。これから私が勤めに出たところで到底返せそうにない。

「いいか、これがあるってことは、小春が代わりに金を返さにゃならんってことだ。……それで小春や、元治義兄さんの葬式で集まった金はどうしたんだね？」

「そうそう。香典がいーっぱい集まったんじゃないかと思ってねぇ。それを渡してくれたら、ひとまず今日は帰ってあげるわよ。大体、姉さんの着物も地味な柄ばっかりで、ろくなのが残ってないしさぁ」

その言葉に私の体がブルッと震える。

続きの間の襖を飛びつくようにして開けると、母の形見の和箪笥を物色した跡が見て取れた。それどころか父が細工の仕事に使っていた道具まで荒らされている。

「な、なんてことを……！　この家から出て行ってよ！」

「おうおう、凄んだところで何も怖くないぞ。香典はどうした」

「……そんなの、もうないに決まってるでしょ！」

いただいた香典はお坊さんへのお布施や、葬式の手伝いに来てくれた近所の人への心付けなどで残っていない。

「ふうん、じゃあアンタ、お妾になるしかないわねえ」

「え……？」

叔母がニタリと笑う。

「だってアンタじゃ借金を返せっこないでしょうが。このボロ家なんて二束三文にしかなりゃしないし。それとも踏み倒す気かい？　そんなことしちゃ、草葉の陰でアンタの父さんが泣くわよぉ」

「な、そんな親不孝はよくないだろう。……実は、知り合いに妾を欲しがってるお大尽がいるんだよ。借金はその方が全部返してくれるぞ」

叔父は猫撫で声で言う。

二人が今日来たのは最初からそのつもりだったのだ。心臓が嫌な鼓動を立て始める。

「小春は器量もいいし、女学校にも通っていて躾も行き届いておるだろう。そういうお嬢さんを是非とも側に置きたいってね」

「そうよぉ、とってもいいお話で。アタシがあと十歳若けりゃお妾になりたいくらいのお人なのよぉ。すこーしお年がいってるけどねぇ、だからこそ、ほんの数年我慢するだけだから」

叔父と叔母は顔を見合わせ、わざとらしい笑い声を立てた。そのおぞましさにぞわっと鳥肌が立つ。

「そ、そんなの……」

「月々お金も貰えるし、一等地にある家作をお前にくれるそうだよ。たまーに旦那が来たら相手をするだけさ。どうだい楽なもんだろう」

「でも……私はこの家から出て行きたくないんです」

古い家だが、私が生まれた時から住んでいる。両親の思い出が染み付いた大切な家なのだ。

「なんならさ、代わりにアタシらがこの家に住んであげようか。ちゃーんと管理してあげるわよぉ」

「そりゃいいな。小春は借金がなくなるし、生活の憂いもない。旦那もいい妾を持てて大喜び、ワシらも家賃が浮いて万々歳だ。三方良しで、いいことずくめだろう」

「い、嫌っ！　お金は……なんとかしますから」

私は首を横に振って言った。誰とも知れない男の妾になどなりたくもない。

だが叔父は返事の代わりにちゃぶ台をバンと叩く。

その激しい音に心臓が縮み上がり、両腕で庇うように胸を押さえた。叔母は黙って冷めた目をして私を見ている。

「まだ分かってねえのかっ！　お前じゃ金を返せっこねえだろうが！　……花街の娼妓にでもなるってんなら話は別だが」

「このあたりなら千住遊郭が近いかしらねえ。別に、そっちのがいいってんならアタシらはねえ?」

「ああ、そうとも。妾の方が楽だったたって思い知るだけさ。どっちも嫌、で逃げられる話じゃないって分かってんだろうなぁ? 他に手があるなら一応聞くだけ聞いてやろうじゃないか、おい」

「――いやいや、お待ちを。旦那さんに奥さん。ちょいと私の話を聞いちゃあくれませんかね?」

シャン、とどこからか鈴の音がして私は息を呑んだ。

「だ、誰……?」

叔父ではない男の声。

私は目を瞬かせながら声のした玄関へ視線を向ける。

玄関扉が開いた音はしなかったはずなのに、男がひょっこりと三和土に立っていた。紋付袴、ボサボサの蓬髪。そして狐の面と尻尾――尾崎の家の前で会った、あの妖の男だった。

「嘘……どうして、ここに……」

せっかく家まで逃げたのに、追いつかれてしまった。私は恐ろしさのあまりその場に座り込んだ。

「いやあ、すみません。実は、袂にね」

そう言いながら男が己の袂を指差した。

それを見て慌てて自分の着物の袂を探れば、一体いつ入れられたのか、鈴がコロリと転がり出てくる。おそらくは、さっきの花嫁行列で使っていた鈴錫杖の鈴だ。

「……え、どうして」

「お嬢さんが逃げてしまうから、ちょいとね」

狐面の男は飄々とそんなことを言った。

私はどう反応すればいいか分からず、手のひらの鈴を握りしめる。手の中で鈴が小さくチリリと鳴った。

「おい、なんじゃお前は。勝手に人ん家に入りよって」

「そうよぉ。どこのお大尽だか知りませんけどねぇ、今は取り込み中なんですよ」

叔母夫婦は迷惑そうな素振りを隠そうともしない。けれど、ボサボサの髪も狐面も、これ以上ないほど怪しげだというのに、そこには何一つ触れない。まるで二人には、この男がごく普通の人間に見えているかのようだ。

おかしいのは私の方なのだろうか。私はすっかり混乱していた。

男は如何(いか)にも困ったように腕組みをした。面をかぶっていることもあり、芝居がかった動きに見える。

「実は、困ったことがありまして……。ああ、申し遅れました。私はこの松林の奥にある屋敷に住んでおります、尾崎と申します」

「誰がお前の名前なんぞ聞いてるんじゃ！」

「ちょっと、アンタ、少し黙って——尾崎さん……いえ、尾崎様とおっしゃいましたねぇ？　お屋敷ってあの、林の奥に土塀が見える、あそこの？」

「ええ、ご存じでしたか。そこの屋敷の者ですよ」

叔母の目がギラリと光り、獲物を狙う猫——いや狐みたいになった。

「まあまあ、それで、今日はどういったご用件ですの？　アタシでよければお力になりますよぉ」

叔母には尾崎が金満家(きんまんか)にでも見えているのか、急によそ行きの顔でシナを作る。あの松林の奥に大きなお屋敷があることを知っていたらしい。

「それはそれは、助かります。実は女中を探しているのです。急ぎでして、とにかくすぐにでも屋敷に来ていただきたい。それというのも、本日結婚をしたのですが、妻が連れてくるはずだった女中が急に都合が悪くなりまして」

尾崎はペラペラと話し始めた。叔母はうんうんと真剣に頷いているが、それにしてもよく舌が動くものだと思ってしまう。

「結婚したばかりの、それはそれは可愛い新妻です。家事の苦労など一切させる気はございません！　ですがどうにも手が足りんのです。とにかく広いばかりの屋敷でございまして、このままでは掃除も行き届かない。そんな環境に可愛い新妻を置いておけるはずございませんでしょう。そういうわけで早急に掃除が出来る女中が欲しいんですね。そんな折、たまたま屋敷の近くで、お可哀想に最近お父上を亡くされたお嬢さんがいらっしゃると小耳に挟んだものですから、もしよろしければしばらくの間お預かりできないものかと、まあそう思って伺ったわけです、はい」

「あらまぁ、そうですの。でも、この子にはいいご縁がございまして、先が決まっておりますの。ですが……どうしてもとおっしゃるなら、それ相応のモノが必要でございましょう？」

叔母はにんまりと笑う。

叔父も合点がいったように太鼓腹をポンと叩き、手を揉んだ。

「ええ、ええ。そうですとも。この小春はとても気立てのいい娘です。女学校出で学もありますし、器量もこの通り。磨けばよぅく光ること間違いございません。私共が親代わりでございましてねえ」

「な、何が親代わりよ」

叔父の言葉を否定しようとしたが、叔母にぺしんと叩かれる。

「馬鹿っ、黙ってなさい！　あんなお屋敷の持ち主よ。お金持ちに決まってるじゃないさ！」

叔母は小声でそう言い、私を居間の隅まで引き摺り、耳元で囁いた。

「フン、結婚したばかりだってのに助平な男だよ。あれはね、女中という名の妾奉公を求めてるんだ。奥様公認のお妾ってことだよ。奥様が不美人かそれとも不仲なのかは知らないけどねぇ」

「で、でも……」

「でもじゃないわよ！　せめて若い方がアンタだっていいじゃないさ！　奥様より早く跡継ぎを産んじまえば、屋敷で大きな顔が出来るわよぉ」

私は欲深い叔母に閉口した。

そもそも私には、その男はどう見ても狐の妖に見える。しかも先程、私の目の前で花嫁に逃げられているのだ。男の言っていることの意味がまったく分からず、混乱するしかない。

しかしその間も、叔父と尾崎の話は続いている。

「実は小春には先にお約束がございまして。それを反故にして尾崎様の家に小春をやるとなると、それなりにかかるものがございます。元々小春の父親の借金を私が肩代わりしているもので……」

「ははあ、なるほど。支度金だけでなく返済金に違約金も必要と、そういうわけですね」

その通りと示すように叔父はにんまり笑いながら揉み手をしている。

「分かりました。手持ちの紙幣で足りるでしょうか」

尾崎はそう言うや否や、袂からごっそりと束を取り出して床へバラバラと撒いた。

それを見た叔父は床に目が釘付けである。私を押さえる叔母も、横で息を呑んだのが聞こえた。

「ああ、ちょいと古いですが小判でもよろしいですか？　それならもーっとありますよ」

更に袂を探り、取り出したそれも床に撒く。床でぶつかり合い、カチャンカチャンと硬い音を立てた。

「まああ……き、金じゃないの……」

「はい。見ての通り本物の小判でございます」

「い、いやいや、まず本物の金かどうか。齧れば分かると言いますが……ちょっと失敬。ああ、本物だ！　ほれ、見てみろ、噛んだ跡が付いただろう！」

「ほ、本物よぉ！」

　叔母夫婦は顔を見合わせ喜色満面だ。

「え……でも、それ……」

　言いかけた私に、尾崎は黙って狐面の口に人差し指を立てて見せる。私はおずおずと頷いた。

　叔父も叔母も、すっかり金に目が眩んだ顔で笑っている。

　――しかし私には、彼らが床に這いつくばって集めた紙幣は木の葉に、本物の金かどうか齧って確かめていた小判は瓦のかけらにしか見えなかった。もちろん歯形など付くはずもないのに、叔父はうっとりと瓦を撫でている。

　私は目を瞬かせて怪しげな狐面の男を見上げた。今気が付いたが、かなり上背がある。声の感じや、首や手のひらを見る限り、父さんよりずっと若そうだ。しかし妖だとすれば見た目通りの年齢であるはずもない。

「さて、これで足りますでしょうか？　私としましては、この小春さんの育ての親とのことで礼を尽くしているつもりですが」

「ま、まあ……これだけあれば……なあ？」

「ええ、アタシらは文句の付けようもございませんわぁ」

「そうですか。それはよかったです。それで、もしよろしければ、小春さんと少しお話しさせてもらえませんか？　出来れば二人きりで」

叔父と叔母は顔を見合わせてニタリと笑う。

「ええ、どうぞ。……ごゆっくり」

ごゆっくり、の部分に力を込め、叔母夫婦はいそいそと荷物をまとめる。

「ああ、借用書は置いていってくださいね」

「か、鍵も！　それから母さんの着物も返して！」

叔父から借用書を、そして叔母から鍵と、ちゃっかり持ち去ろうとしていた亡き母の着物を取り返す。

「はいはい。アンタも目敏いねえ」

叔母は大金を手にして気が大きくなっているらしく、緩み切った顔で大人しく返してくれた。

叔母たちが去り、取り戻した母の形見の着物を抱きかかえてホッと息を吐く。

けれどこれで済んだはずもない。

私は顔を上げ、何を考えているのかまったく読めない狐面を見つめた。

「あ、あの……どうして助けてくれたんですか」

私はおずおずと尋ねた。

私は狐の嫁入りを邪魔してしまったのだ。責められこそすれ、助けられるとは思ってもみなかった。

「へえ、助けられたんですか？」

しかし尾崎はとぼけた態度でそう言い、大袈裟な動きで首を傾げる。

「だって私、あの人たちに借金のカタで妾として売り払われるところだったんですよ」

「あれまあ、そうだったんですか。じゃあ、お嬢さんは、今は私のものってことですよね」

「えっ……⁉」

狐の面からは尾崎の表情が分からないはずなのに、何故だかニンマリと笑っているみたいに思えた。

「ほら、これ。さっきあの人たちから買い取った紙切れ」

尾崎はヒラヒラと借用書を振って見せる。

「た、助けてくれたんじゃないの……？」

「そりゃ、人間だってタダで人助けをしたりしないでしょう。結局、私が借金を支払ったようなものですし」

「で、でも叔母さんたちに渡したのは偽物のお金でしたよね？　私には木の葉と瓦のかけらに見えました」

そう言う私に、尾崎はふふふと含み笑いをする。

「お嬢さん、やっぱり勘がいいねえ。それとも目がいいのかな。とはいえ、私が買い取ったのは事実でしょう。力尽くで奪ったわけではないですし、あの人たちも喜んで渡してくれましたよ」

「そんなの屁理屈だわ！」

「屁理屈で結構。そんなことより、私は困ってるんですよ。なにせお嬢さんのせいで花嫁に逃げられてしまったんですから」

私は気まずさを感じて目を逸らす。

「た、確かに……それは……」

わざとではないとはいえ、花嫁が怒ったのは私が嫁入りを邪魔してしまったせいなのは確かだ。

「実は私、どうしても早急に嫁を得なければならないんですよ」

「はあ……」

「三ヶ月後の親族会議に嫁を連れて行くと約束してしまいまして……もうね、海千山千の古妖ばかりの会議です。私なんてあの中じゃ尻の青い若造扱いでねぇ……。それでお嬢さん、代わりに私の花嫁になってくれませんかね？」

「えっ⁉」

私はその言葉に弾かれたように顔を上げた。

「いやっ、無理っ、無理です！」

ブンブンとおさげが空を切る勢いで首を横に振った。いくら禁忌を破って禁足地に入った自分のせいとはいえ、見ず知らずの、しかも妖に嫁ぐだなんて。

しかし尾崎は身を小さくして拝み倒してくる。妖のくせに随分と腰の低い男だ。

「どうかこの通り！　お願いしますよぉ。ほんの少しの間でいいんです！」

「……ほ、ほんの少し？」

「はい。言ったでしょう。親族会議があるって。そこで花嫁のフリをしていただきたいのです」

「本物の花嫁じゃなくて、フリだけ？」

「はい、フリだけです」

私は少し考え込む。妖(あやかし)の花嫁はごめんだが、花嫁のフリをするだけならば、さっきの詫びにもなるだろう。何より、尾崎のおかげで叔母夫婦に妾(めかけ)として売り払われずに済んだのは事実だ。それに、あの欲深い叔父や叔母が這(は)いつくばって木の葉や瓦を拾い集める姿には、少しスッキリした。

「それにタダでとは言いません。この紙だけでなく、お金でも小判でも……」

「いえ、それはいらないです。さっきみたいに木の葉と瓦のかけらかもしれないですもん」

私の言葉に尾崎は蓬髪(ほうはつ)をバリバリと掻き、声を上げて笑った。

「はは、確かに。では何か欲しい物はありませんか？　私に用意できる物なら用意します。まあそれも偽物だろうと言われてしまえばそれまでですが……」

「欲しい物……」

私は首を傾げた。

両親を安らかに眠らせる墓が欲しい。しかし、はいどうぞ、と墓石を渡されても困る。

少し考えてから思い付く。

「欲しい物とは少し違うんですけど、叔父と叔母がまた戻って来たら困ります。もしかしたら、さっきのお金が偽物だって気付いて乗り込んでくるかもしれませんし。あの人たち、鍵がなきゃ、次は扉を壊しそうだから心配で」

「なるほど。うーん、じゃあ、この松林にあの人らが入れないようにしましょうか。ほら、よくあるじゃないですか。一本道なのに何やら同じところをぐーるぐるって。私は狐ですから、そういうの得意なんですよ」

「あの、貴方は本当に狐の妖なんですか？」

私は尾崎のふさふさと揺れる赤茶色の尻尾を見て言う。普通の人間には思えないけれど、こうしてちゃんと会話が出来る。子供の頃に寝物語で聞かされていた怖い妖の話とは随分違うみたいだ。

「はい。私は狐ですよ。尻尾もほらこの通り。ですけどね、本当であれば私の尻尾は五本で、もっと強い力を持っていたんです。それがどうしたことか、今は一本しかないのですよ。よよよ……」

どう見ても泣いているようには見えない。白々しい泣き声を上げて尾崎は狐面の目元を袖で押さえた。

「尻尾（しっぽ）って……増えたり減ったりするものなんですか？」

「ええ、そうですよ。力のある狐……九尾の狐ってご存じないですか？　妖（あやかし）は、ながーく生きれば生きるほど力を増していくのです。尻尾（しっぽ）も力と共に増えます。ま、その逆に、尻尾（しっぽ）を失えば力も失いますが」

「ふぅん、やっぱり人とは違うのね……」

「はい。妖（あやかし）は人よりずっと長い時を生きています。この家も元は時川（ときかわ）さんって爺さんの家でした。時川の爺さんはここに住む時、私と約束をしたのです。この松林の番人になるってね。ですが気が付けば、時川の爺さんは死んでしまい、お嬢さんのご両親が縁あってここに住み始めた」

「……確か、私が生まれる少し前に、父が師匠の知り合いから買ったそうです。ちょっと不便なところにあるけど、父は細工師（さいくし）だったので、毎日勤めに出るわけではありませんから」

狐面が傾く。尾崎が首を傾げたのだ。彼は少し考え込んでから言った。

「そういえば、かれこれ二十年近く前、お嬢さんによく似た声を聞いた気がします。うちの屋敷の前でなにやら声を張り上げていたような……もしかしたら、お嬢さんのお母様だったのかもしれませんねえ」

「そうかもしれません。とはいえ、母が亡くなったのは私がまだ小さい頃なので、声は覚えてないいんですが」

もしかしたら、母も松林で妖を見たことがあったのだろうか。父が松林の奥に行ってはならないと言ったのは、そのせいだったのかもしれない。

「分かりました。尾崎さん……でいいんでしたよね。フリだけですもんね。私、身代わりの花嫁になります！」

「いやあ、ありがたい！」

尾崎はそう声を張り上げると私の手を握った。

「では、早速参りましょう。ああ、着物なんかはこちらでご用意いたしますから、手ぶらで結構ですよ。この家には、お嬢さん以外誰も入れないよう結界を敷いておきましょうね」

「ちょ、ちょっと待って！　三ヶ月後の親族会議で花嫁のフリをするだけじゃなかったの⁉」

「いやいや、まさか！　言ったでしょう、海千山千の古妖ですよ。突然会議に連れてきた花嫁なんてすぐに偽りとバレてしまいます。それに、いつ親戚の古狐が屋敷に様子を見にくるかも分かりませんし。ああ、身代わりの花嫁以前に、貴方が人間であることはもちろんバレてはいけませんよ。私の屋敷にも、妖の奉公人からよく分からない居候までうじゃうじゃウロウロしていますから、お気を付けて。貴方だって人間とバレて、頭から齧られたくはないでしょう？」

「そ、そんな……待って、やっぱり、私……！」

「ふふ、もう約束しましたからねえ。古今東西、妖との約束を破ってよかった試しはないですよぉ。いやあよかった！　貴方もほんの少し、たった三ヶ月だけ我慢をするだけでしょう？」

尾崎はまたヒラヒラと借用書を私に向かって振って見せる。

その狐面の憎らしいことといったら。

一難去ってまた一難。その言葉が身に沁みた私は、尾崎に握られた手を振り払うことさえ出来なかった。

「こぉんこん。花嫁様、妖屋敷にようこそ」

尾崎は芝居がかった言い回しで私の手を引いて松林を歩く。逃がさないためなのか、その手を離そうとはしない。

しかし、暗闇の中、ぐいぐいと手を引っ張られていても、不思議と松の根に躓くことはなかった。

我が由良家から尾崎の屋敷まで高々数分。その時間で心の準備が出来るはずもない。妖（あやかし）がたくさんいる場所で三ヶ月も過ごすだなんて、とにかく不安でならなかった。

私は歩きながら尾崎に尋ねた。

「あの……私、人間ってバレたらいけないんですよね？」

「そうですよ。妖（あやかし）にもよりますが、人が好きで人に交じって暮らす者がいれば、人が嫌いで虎視眈々（こしたんたん）と命を狙う者、食べ物として見る者もおりますね。屋敷には色々住み着いておりますから、さてさてどれがどれやら……」

「そんなの無責任じゃないですか！　私はただの人間です。あの花嫁の狐だって、私をすぐに人間だって見破ったのに」

「確かにそうですねえ。せっかく連れ帰ったのに、すぐに齧（かじ）られてはたまりません」

尾崎は足を止め、ううんと唸（うな）る。

その気の抜けた声は、私を守る気がなさそうに聞こえて更に不安が募（つの）る。

「とりあえず化け狐と化け狸の親戚ってことにしときましょうか。ほらさっきの二人、まさにそんな感じだったでしょう」

私もそれには同意見だったので、そんな場合じゃないはずなのにクスッと笑いが漏れた。

「本物の狐の妖から見てもそう見えます？」

「ええ。欲深が人の皮をかぶっているようにしか見えませんでした。妖だってねえ、心根の綺麗な人間の方が好きに決まってます。ま、それとは別に悪い奴なら食っていいなんて考える妖もおりますけれど」

　そうか狐か、と尾崎がぼそりと呟く。

「お嬢さん、これを」

　尾崎は袂を探って鈴を一つ取り出した。

　尾崎の袂には色々な物が入っているらしい。

「その鈴、さっきの……？」

「ええ。お嬢さんの家まで私を案内してくれた鈴です。こいつは、元はお燦狐の持ち物ですからね。狐の妖気が染み付いています」

　お燦狐とは、逃げた狐の花嫁の名前だろうか。鈴を手渡された私はマジマジと見つめる。

「これをどうすれば？」

「飲んでください」

「ええっ！」

私は驚き、再度鈴を見た。私の親指の爪より少し大きい。しかも金属製だ。そんなものを飲み込んだら喉に詰まってしまいそうだ。

「無理です！」

「でもこいつを飲んでくれれば大体の問題は解決しますよ？」

「この大きさじゃ物理的に厳しいですし……何より妖の道具なんて飲めません！」

飲み込んだら、一体どうなることか。そんな恐ろしいことはごめんだった。

私は半ば押し付けるように尾崎に鈴を返す。

「大丈夫、こいつはそこそこ古いけど、まだ付喪神になるほどじゃありません。飲んだところで、たまーにお腹の中で鳴るくらいでしょう」

鈴は尾崎の手のひらの上で勝手にシャンと音を立てた。まるで意思があって返事をしたみたいではないか。

「大丈夫じゃありません！　気味が悪い！」

「うーん困りましたねえ……」

まったくもって困ってなさそうな声色で、尾崎は肩をすくめた。

「お嬢さん、ちょっとごめんなさいよ。ほんの少ーしだけ辛抱していてくださいな」

「だから、い――」

嫌だと言う途中、突然私の喉が凍りついた。

喉だけではない。体も動かせない。それは狐の嫁入りを邪魔してしまった時と同じだった。体の自由がどこかに行ってしまったかのようだ。

動かせるのは視線のみで、尾崎を睨むことすら出来ない。

「まあ、ちょこっと乱暴なやり方ですけどね。でも、もういい加減、嫁を連れ帰らねば屋敷の者に怪しまれますし」

尾崎はそう言いながら狐面に手をかけ、少し上にずらした。狐面で隠れていた鼻と口が露わになる。

（なんだ、ちゃんと顔があるんじゃない）

なんとなく、あの狐面の下はのっぺらぼうかもしれないと思っていた私は、拍子抜けした。

すっと通った鼻筋に形のいい唇。ボサボサの蓬髪を見なければ、鼻から下は男前と言えるかもしれない。上半分が見えないから正しい判断は出来ないが。

つい露わになった狐面の下の顔に意識が向いてしまって、尾崎のしようとしていることに気付くのが遅れた。

尾崎は私の顎をわずかに持ち上げ、唇を開かせた。体が動かないから尾崎の思うままだ。無理矢理鈴を飲ませる気だと悟った時には、全てが遅かった。

尾崎は己の舌を出して鈴を載せると、パクリと口に含んだ。

そのまま彼の顔が近付いてくる。何をするつもりなのか、問わなくても分かった。

（やめてっ――！）

拒絶の言葉は声にならない。

おでこに狐面がこつりとぶつかる。

まったく動かない唇に尾崎の唇が触れた。

――口付けられてしまった。

しかもそれだけに止まることなく、触れ合った唇の合間から、何か金臭い味のする液体が流れ込んでくるではないか。

「はい、ごっくん」

尾崎は唇を離し、小さい子供に薬を飲ませるみたいに、私の喉を軽く撫でる。

口の中に液体が溜まったせいか、それとも尾崎が喉だけ動かしたのか。

――ごくん。

私は口の中の液体を飲み込んでしまった。

妖(あやかし)から口移しで与えられたわけの分からない液体を。

口付けをされた衝撃と合わせて、頭が真っ白になっていく。

「いやあっ!!」

無我夢中で、目の前の尾崎を突き飛ばす。

しかし、直前でひょいっと尾崎にその手を避けられ、私はその場に尻餅をついてしまった。

いつの間にか、体が動くようになっている。でも、なんにも嬉しくない。袖(そで)でゴシゴシと口を拭う。

「ひどいっ！　なんてことをするのよっ！」

「そんな。私はお嬢さんのためを思って」

尾崎はとてもそうは思っていないような声色で言った。

「だって大きくて飲み込めないって言うから、わざわざ鈴を液体にしたんですよ。ちゃんとお腹の中に入ってから、固体に戻るようにして。それもこれもお嬢さんの体に負担をかけないためにしたことです」

「だ、だからって……！」

「三ヶ月後の親族会議が終わったら取り出してあげましょう！　鈴が教えてくれるか

ら、それまではどうせ逃げられませんしね」

　私のお腹の中でシャンと鈴が鳴る。慌ててお腹を押さえた。

　本当に体の中に妖(あやかし)の鈴を入れられてしまったのだ。顔からさあっと血の気が引いていく。

「もう嫌ぁっ！　どうして私がこんな目に！」

　高ぶる感情に任せて大声を上げた。

　もう泣きたい。

「そりゃあ、禁足地に足を踏み入れてしまった自分のせいでしょう」

「黙っててよ！　そんなの私にだって分かってるわよっ！」

　だからといって感情を我慢出来るものでもない。

「……そんなに嫌だったんですか？」

「嫌に決まってるじゃない！」

「でも、その鈴はお嬢さんのことを気に入ってるみたいですよ」

　また一つ、お腹の中でシャンと音が鳴る。

「きっと、お嬢さんを助けてくれると思いますけどねえ。魑魅魍魎(ちみもうりょう)の巣みたいなところに行くわけですし、味方は多い方がいいですよぉ」

「うるさいっ！」

私は頭にカッと血が昇り、すぐ側に落ちている松ぼっくりを拾って投げた。

ちょうど狐面の位置を直していた尾崎の、その狐の鼻っ面に松ぼっくりが当たり、ポコンといい音がする。

「あ痛ッ！」

尾崎はしゃがみ込んで狐面を押さえた。

そこまで痛いはずはないだろうが、ほんの少しだけ私の溜飲が下がった。


気を取り直して私たちは尾崎の屋敷の近くまでやって来た。

いや、それでも気が重いことには変わりない。そっと鈴の入ったお腹を撫でる。

身動きをしても音が鳴ることがないのは不幸中の幸いだった。そもそもお腹の中だというのに振って鳴らすのと同じ音が出るのだから、見た目通りの鈴ではなく、あくまで特別な妖の鈴ということなのだろう。

「それじゃあお嬢さん……いや、ここからは小春さんと呼ばせてもらいますね」

「はあ……」

「やはり鈴を飲んだからでしょう。小春さんからわずかに妖気を感じるようになりました。これでまあ人間と見破られる確率も減ったことでしょう」

私にはさっぱり分からないが、尾崎がそう言うのなら効果はあったのかもしれない。

松林がぽっかりと開き、二つの門に挟まれた不思議な橋が現れる。

「さて、ここから先はいつバレてもおかしくありません。今のうちに少し話をすり合わせておきましょう。まず、私のことを尾崎さんと呼ぶのはやめましょう」

「じゃあなんと呼べば？」

「私には、尾崎玄湖って名前がございます」

尾崎――いや玄湖はそう言いながら己の狐面を指差した。

「分かりました。では、玄湖さんで」

どうせ逆らったところで鈴を取り出してもらうまでは逃げられない。これではまるで首に鈴を付けられた猫だ。うんざりした気分で息を吐く。

「ああ、夫婦になるとはいえ、褥を共にすることはありませんからご安心を。それでもたまには夫婦に見えるよう振る舞ってもらいます」

「はい」

三つ指でも付いて出迎えればよいのだろうか。妖の作法などまったく分からない。渋々ながらそう返事をした。

「あの、小春さんって、か弱い見た目のわりにかなり気が強いですねえ。ね、そんなにつんけんしないでくださいよぉ」

「別に、私はさっさと役目を果たして家に帰りたいだけです！　誰も見てないところでまで演技をする必要はないでしょう！」

ふん、と私はソッポを向いた。

玄湖はへにょへにょとした情けない声を出す。

「……すみませんでした。あんなことはもうしませんから」

「そうですね！　もう頭から齧られたって構わないってなれば、親族会議で全部ぶちまけてやりますから。私をこれ以上怒らせないでくださいね！」

そうきっぱり言って玄湖を見れば、不思議と狐面の眉が下がって見える。

「わ、分かりました。じゃあ、無事に三ヶ月後の親族会議を乗り切ることが出来たら、小春さんの望みを何か一つ叶えましょう。妖に叶えられる望みだけになりますが。……この最後の尻尾に誓います」

玄湖はそう言って赤茶けた己の尻尾を掴む。大きくてふさふさしているが、よく見るとしばらく洗っていない犬の尻尾みたいで汚らしい。

私は思いっきり眉を寄せる。

「その望みは全部終わってからよね。それはそれとして、玄湖さんの髪の毛と尻尾、なんだか汚いです！　花嫁のフリをさせたければ、それ、どうにかしてください！」

指を突き付けると、狐面がガクガクと縦に揺れた。

「……大人しそうな娘に見えたのに」

ぼそりと小声でそう言うのが聞こえたので、思いっきり睨み付けてやる。

震え上がった玄湖の尻尾がピーンと伸びた。

まったく、昨今の女学生を舐めないでいただきたい。

「で、ええと、さっきも言いましたが、小春さんは化け狐と化け狸の親戚です。お父様は人間だった半妖ということにしておきましょうか。半妖ゆえに人の世界で育てられたので、妖の世界には詳しくない。そう言い張ればよろしいでしょう」

「分かりました」

大人しく相槌を打つと玄湖はホッとしたように息を吐いた。

「あと、屋敷には大なり小なり妖がウロウロしています。奉公人は全て把握していますから、後で紹介します。それ以外の小さな妖やら勝手に入り込んでいる居候やらは私も把握出来ていません。多分、変な妖が近寄ればその鈴が教えてくれるでしょうから、私や奉公人の側に行くようにしてくださいな」

「その奉公人にも私が人間ってことは言っちゃ駄目なんですよね」

「はい。万が一、そっちから話がバレたら困りますし。ついうっかりで口を滑らせることってあるでしょう」

まさに玄湖こそペラペラと口を滑らしそうな男だ。しかし秘密を知る者は少ない方がいいと納得して頷く。

あまり時間はなく、さっと話をすり合わせた私たちは尾崎家の門前に立った。

「そういえば、どうして門が二つあるんですか？」

私はずっと気になっていたことを尋ねる。

「ああ、この門は大事なものを守るためにあるのですよ」

「お屋敷のことですか？」

「いいえ、屋敷には基本的に私がいますし、奉公人もおりますから。それに人のように泥棒に入られることも、そうそうありませんしねぇ。妖ってのは金銭や物に執着するより、妖気や強さに執着する方が多いもんでねぇ。弱い妖はまた違いますが、ある程度長く生きた妖にゃそういう傾向があります」

「じゃあ、一体何を守っているんですか？」

「この川ですよ。……言いそびれていましたが、小春さん、この川に下りて水遊びをするなんてことは絶対に、絶対にやめてくださいね」

「水遊びなんてしません！　小さい子供じゃあるまいし」

「いや、そうならいいんですけど。まあ、林の側から川に入ったくらいなら、たまーに事故が起きるくらいで済むでしょうが……門と門の間、この橋の側から川へ下りたら――多分死にます」

死ぬときた。私は眉を寄せて川面を覗く。

澄んだ水がさらさらと流れていく様子はただの川にしか見えない。

「この川は、彼方と此方が混ざり合っているんです。特に混ざりが強いのがこの橋の部分で。この場所を封印して、出来るだけ周囲に影響を出さないようにしているのがこの二つ門というわけです」

玄湖は首を傾ける。

「そうですねえ、小春さんに分かりやすく例えると三途の川でしょうか。極楽に繋がっていればまだいいでしょうが、地獄に出るかもしれませんし、全然別の場所に出るかもしれません。妖の力でもどうにもならない川ですから」

その声は今までの飄々としたものとは違い、真剣な色を帯びている。

「ま、この二つ門を守るために私の屋敷があり、私がいるのですよ。それじゃあ、ようこそ狐の屋敷へ」

お腹の中で鈴がシャンと音を立てた。

それを合図としたように、ギイッと音を立てて門が開いていく。しかし橋の上に人影はない。誰かが開けたわけでなく、ひとりでに開いたようだ。

やはり妖(あやかし)の屋敷は不思議だらけだ。屋敷側の門もいつの間にか開いている。少しだけ不気味に感じた。

「足元に気を付けてくださいね」

「はい――」

そう返事をして玄湖の後に続き、一歩足を踏み出したところでシャンと鈴が鳴り、心臓がドキリと大きな音を立てた。

「きゃっ⁉」

「ぎゃうんっ！」

足元に、なにやらぐにゃりとした感触と、生き物らしい鳴き声。

どうやら何かを踏み付けてしまったらしい。

私は慌てて踏み付けたものから足を離そうとタタラを踏む。わずかに傾斜のある橋の上だから余計によたついてしまった。そのまま己の足にもう片方の足を引っ掛けてつんのめる。あっと思った時には、もう川へと落ちる角度で足を滑らせていた。

（あ、まずい――）

橋の上から落ちたら死ぬという言葉を思い出して、ゾッと血の気が引いた。しかし傾く体は、もう自力で立て直せない。刹那(せつな)の瞬間に数々のことが脳裏を過(よぎ)る。私は迫りくる川面に、ぎゅっと目を閉じた。

「――危ないっ！」

声と共にグイッと手を引っ張られ、ぐるりと視界が回る。そのまま硬いものに鼻っ面(つら)を打ち付けた。しかし、川には落ちずに済んだようだった。

思わず止めていた呼吸を再開する。はっはっと走ったみたいに息が荒く、心臓がバクバクと激しい音を立てている。おそるおそる目を開けると黒い物が見えた。いや紋(もん)付袴(つきはかま)を着た玄湖の体だ。ちょうど胸のあたりに顔をぶつけたらしい。

「もう、気を付けてと言ったそばから！　さすがの私も肝が冷えましたよぉ！」

「あ、ありがとうございます……」

私は玄湖の腕の中にいた。引っ張られた勢いで抱き付くような体勢になっていたらしい。慌てて腕の中から出ようとしたが、力尽くで止められる。

「小春さん、嫌なのは分かります。でもお願いだから橋の上で暴れるのだけはよしてください。本当に洒落にならない。橋を渡るまで、手だけ繋がせてください」

「は、はい……」

「体を離しますから、ちょいと落ち着いて、大きくゆーっくり息をして」

玄湖に言われた通り大きく息を吸って吐いた。

私が落ち着いたのを見計らって玄湖はそっと体を離した。私の手首は握ったままだ。

「落ち着きましたね。じゃあ、行きましょう」

「はい……ごめんなさい」

幼い子供みたいに取り乱してしまって恥ずかしい。しかし、軽薄で頼りにならないと思っていた玄湖だが、一応私のことを案じてくれているらしい。勝手に口付けられたのはまだ許せないが、ほんの少しだけ見直した。

「あの、そういえば私が踏んでしまったものって……」

橋を渡り終えてからキョロキョロとあたりを見回す。

なんだか柔らかく、生き物のような感触だった。しかも思いっきり踏んでしまった。今更ながらに少し心配になってくる。

「ああ、スイカツラっていう妖(あやかし)です」

「スイカツラ？　忍冬(すいかずら)って植物なら知ってますけど」

「いえいえスイカツラでいいんです。犬神の一種ですよ。ほら、そこに」

玄湖が指差した先、門の陰からおそるおそるこちらを覗く小さな姿があった。

柴犬の子犬によく似ている。大きさは鼠より一回り大きいくらい。実際の子犬よりも小さい。毛並みは茶色、目と鼻は黒。鼻周りの毛が黒く、わずかに垂れた耳の感じは近くの集落で生まれた子犬にそっくりだ。いや、ずんぐりむっくりとした短い手足や胴体は、子犬というよりまだ歩行もおぼつかないよちよちの赤ちゃんの頃を彷彿とさせる。

「踏んでしまってごめんなさい」

私はしゃがみ込んでスイカツラに向かって話しかけた。スイカツラは首を傾げているだけで門の陰から出てこようとしない。

「あの、怯えさせてしまったでしょうか。結構強く踏んでしまったから、怪我してるかも」

玄湖にそう言うと、彼は笑いながら首を横に振った。

「大丈夫ですって。妖は頑丈ですし、人や獣と姿形が似ていてもまったく同じに骨や内臓があるとは限りません。私も何度か踏んだけたことありますがね、その程度じゃ怪我なんてしませんよ。大体スイカツラが無遠慮に足元に絡んでくるのが悪いんですから」

「でも……」

「それにそいつらは人型の妖ほど知恵もありません。ほとんど獣のようなものです。小春さんは犬神って分かりますか？」

「ええと、聞いたことはあるんですが、詳しくは……」

「ここいらじゃ、この屋敷にくらいしかいませんが、人に憑く犬の妖です。人が飼い慣らすことも出来ます。……というか犬神を飼い慣らして式神として使役し、狙った相手に取り憑かせる血筋の人間がいるんです」

玄湖の説明はなんだかおっかない。

「……怖い妖なんですか？」

「いいえ、ちーっとも。この屋敷にいるのはみんな野良の犬神ですしねぇ。野良犬がウロウロしてるようなものですよ。寄ってきたら撫でてみたらどうでしょう。懐くかもしれませんよ」

玄湖はそう言って声を上げて笑う。その様子にちょっとホッとした。

「そうですか。……じゃあ、おいでー」

再度スイカツラに声をかけると、垂れた耳をピクリと動かした。隠れていた門の陰からちょこちょこと出てくる。歩き方もあどけない子犬のようで愛らしい。

やはり小さい。こんなに小さな生き物を踏んでしまった罪悪感がある。

「きゅうん」

鳴き声まで子犬だ。

サイズが小さいただの子犬にしか見えない。そう思ったところで門の陰からスイカツラの全身が現れ、私は凍り付いた。

柴犬に似ているなら、くるりとした巻き尾のはずだ。けれど私の目に入ってきたスイカツラの尾はニョロニョロと長い、蛇みたいな尻尾だった。

トカゲとも違う。スイカツラが歩けばまさに蛇のような動きで蛇行しながら尻尾も地面を這っている。

「きゅん」

私の足元まで来て立ち止まったスイカツラ。尻尾もしっかり見える位置だ。

まさに蛇の尻尾のような鱗が見て取れた。くるりと巻いていることは巻いている。

想定していた柴犬の巻き尾とはまったく違ってとぐろを巻いているのだけれど。

「……し、尻尾が蛇なんですね」

「そういえばそうだねえ。抱き上げてみたらどうだい？」

「……今度にしておきます」

その言葉が分かったのか、スイカツラはその場からタタッと走り去った。

尻尾(しっぽ)もしゅるしゅると本体の後ろを這(は)っていく。

私はその光景を見て息を吐いた。

（……本当に妖(あやかし)屋敷なんだ。気を抜かないようにしなきゃ）

屋敷へ歩き出した玄湖の後ろを歩きながら、私はそう強く決心をした。

二章

「今帰ったよ」

玄湖はそう言いながら玄関扉を開ける。

大きくて立派な扉だが、建て付けが悪いのかガタガタと耳障りな音を立てた。

玄湖に促(うなが)されて玄関の内側に入るとやけに埃(ほこり)っぽい。妖(あやかし)の屋敷には電気が通っていないのか、足元に行灯(あんどん)が置かれていた。ゆらゆらと炎が揺れ、薄暗いのも相まってちょっと気味が悪い。

「おや、出迎えがないねえ。おーい、誰かいないのかい？　花嫁を連れて帰ったよ！」

そう言いながら、玄湖は草履を脱ぎ捨てて中に入っていく。いい品らしい草履なのに、乱暴に脱ぎ捨てたものだからひっくり返ってしまっている。私はそっと玄湖の草履を揃え、それから自分も履き物を脱いで上がった。

「小春さん、暗いから足元に気を付けてくださいな」

「はい……」

この場合、お邪魔しますだろうか、それともただいまになるのだろうか。三ヶ月の期間限定とはいえ、一応この家に嫁に来た立場だ。私は少し悩んで口の中で「よろしくお願いします」ともごもご呟いた。

廊下を歩けばミシリと床板が音を立てる。

かなり広いようだが、その分古い建物らしい。

長い廊下を玄湖の後ろに続いて歩いていると、突然視界が明るくなった。まるで昼間のような明るさだ。お腹の鈴が、シャンシャンと今までにないほど激しく鳴っている。驚いて玄湖の羽織の背中部分をぎゅっと掴むと音がやんだ。

「おっと、本当に嫁を取ったのかい」

若い男の声がした。玄湖の肩口からおそるおそる前方を覗く。

「しかも可愛らしい娘さんときた！　篠崎の爺から玄湖が結婚するって聞いて見に来たが、こりゃあ驚いた」

「ふふん、本当さ。私だってやる時はやるのだからね」

玄湖の家族か親族らしい黒髪の若い男が立っていた。男の周りには狐火が幾つも浮かんでいる。そのせいで家の中が明るくなったのだろう。

一言で言うと、下町のおかみさんに人気がありそうな男だった。粋な男前というのだろうか。着流し姿で寒くないのか、腕を大きく捲り上げている。玄湖より幾分身長は低いが、体格はしっかりしており、車夫にいそうな健康的な肌色をしていた。そして彼の後ろに、立派な黒毛の狐の尾が六本見える。狐の妖なのは間違いなさそうだ。玄湖は本人によると、かつては尾が五本あったそうなので、玄湖より強い妖ということになるだろう。

「玄湖にゃもったいない別嬪さんだ。しかもだらしないお前の履き物を揃えてくれるたぁ、いい嫁貰ったじゃないか」

暗かったので私は気が付かなかったが、男は玄関に入った時から見ていたようだった。男は私に、ニッと歯を見せて笑いかけた。

「ああ、すまんね、名乗りもせず。俺は信田ってんだ。見ての通り狐だ。この玄湖の遠縁だな」

「……小春さん、この人こう見えて若作りの爺ですからね。もうとにかく意地の悪い古狐の一人なんですよ」

「玄湖、聞こえてるぞ！」

玄湖が茶々を入れてくるが、私はおずおずと信田に頭を下げた。

「お初にお目にかかります。小春と申します」

玄湖の遠縁の古狐ということは、彼もまた三ヶ月後の親族会議に出るのだろう。失礼のないように、そして身代わりの花嫁であることがバレないようにしなければならない。緊張に自然と鼓動が速まる。

「小春さんか、よろしくな。小春さん、狐の妖気もするっちゃするが、なんだかやたらと人間の匂いが強いね」

「ええ、小春は半妖でして。化け狐に化け狸が親戚におりますが、父親が人間だったので最近まで人間に交じって暮らしていたのです。その父親が亡くなって頼る者もなく……ということで、私と縁がございましてねえ」

「ああ、そういうことかい。確かにそれくらいの妖気なら人の世にも交じりやすいだろうがねえ。しかし、母親が妖ってことはそっちの縁者は……ああ、すまない。いや、野暮なことを聞いた」

ペラペラとよく喋る玄湖だが、信田もかなりお喋りらしい。しかも勝手に推測して話を完結させてくれる。私としては嘘を吐かなくても、頷いているだけで納得してもらえるのはありがたい。

「半妖なあ、俺の身内にも人間の男に惚れ込んで嫁いでいった葛の葉狐ってのがいたがね。その息子は人の世じゃ飛び抜けて強くて、ちょいと難儀してたこともあったよ。半妖だと人の世じゃはみ出してしまうし、かといって妖の世じゃあ半端者と馬鹿にされやすい。玄湖、大事にしてやんなよ」

「ええ、もちろんです」

「そんじゃ、玄湖の新妻の顔も見たし、帰るかねえ」

「おや、もう帰ってしまうのかい？」

そう言う玄湖の胸を信田が小突く。なんとなく父の生前、家によく遊びに来てくれた師匠や兄弟子とのやり取りを思い出す。

「当たり前だろうが。新婚の邪魔なんて野暮なことするかい！　そうだ、厨で重箱婆がてんてこ舞いしてたぞ。そろそろご馳走が出来上がるんじゃねえかな」

「それはそれは。じゃあ小春さん、奉公人を紹介していきますね」

「はい」

奥へ行く私たちとは逆に、信田は玄関に向かう。

すれ違う瞬間、信田は私の肩をポンと叩いた。

「なあ小春さん、本当に玄湖でよかったのかい？　あいつは本当に口ばかりでだらしのない男だよ。尻尾もいつのまにか一本まで減っちまってさあ。あいつに口八丁で騙されたりしてないかい？」

「え、ええと……」

騙されたか否かで言えば、騙されたのかもしれない。しかし私にもほんの少しは非があった。それに、玄湖には叔母夫婦に売り飛ばされるところを一応は救われているし、橋から落ちかけた時も助けてもらった。何より、三ヶ月間、花嫁のフリをすると自分で決めたのだ。

「大丈夫です。何かあったら玄湖さんを引っ叩いてやりますから」

そう言うと、信田は声を上げて笑った。玄湖は顔が見えるわけではないが、苦虫を噛み潰したようなという言葉がピッタリな雰囲気で腕を組んだ。

「そんならよかった！　玄湖にゃそれくらい強い嫁さんの方が合ってるよ。どんどん尻に敷いてやんな！　ああ、そうだ。小春さんにこれをやろう。拾い物の種だが、植えてみたら面白いことになるかもしれん」

　信田はそう言って、懐紙に包まれた物を渡してきた。種らしいゴロッとした感触が懐紙越しに指に伝わる。

「ありがとうございます」

「おう、玄湖を頼んだ。じゃあまた三ヶ月後の親族会議でな」

　種を渡すなり信田はさっさと去っていった。彼と共に狐火も行ってしまったので、廊下はまた薄暗くなる。

「貰ってよかったんでしょうか」

「いいんじゃないですか？　本当に変な物なら渡さないですよ」

「はあ……。これ、なんの種だろう」

「さあて、人の世とは違う植物かもしれませんねえ。もし植えるなら、うちにゃ庭師もいるんで土を用意してもらいますかね」

「そうですね、お願いします」

　どんな植物なのだろう。もし花が咲くなら、私がいる三ヶ月の間に咲くかも分からない。それでも、どんな花が咲くのか考えるのは、ちょっとだけ楽しかった。

「それじゃ、まずは厨に顔を出しましょうかね」

「はい」

薄暗い廊下をまた玄湖にくっついて歩き始めた。

長い廊下を抜け、突き当たりを右に曲がる。暗かったので屋敷の外観は確認出来なかったが、思っていた通りかなり広いようだ。室内は薄暗く、目印になるような物もないので、一度で道順を覚えられる気がしない。

そんな不安が伝わったのか、玄湖は言った。

「玄関を入って真っ直ぐの廊下を突き当たって、右側に行くと厨（くりや）や水場があります。他にも奉公人の部屋なんかですよ。後でご案内しますが、居間があるのは廊下を突き当たって左側。私の部屋も左手の奥にあります」

「かなり広いんですね……」

「広いだけですよ。古い屋敷であちこちガタがきてます。そこら辺に落ちてる道具類も大体付喪神（つくもがみ）だったりしますからねぇ」

そう言いながらいくつかの部屋を素通りしてまた曲がる。

「覚えられるでしょうか……少し不安です」

「どうでしょう。たまに部屋が増えてたりしますから。迷ったら迷ったでしょうがないですよ。変な部屋に入れば鈴が教えてくれるでしょうしね」

お腹の中の鈴が玄湖に返事をするように鳴る。

勝手に部屋が増えるだなんて普通ならあり得ないことが、ここでは当たり前のようにあるのだ。そう思うと、やっぱり不安に思うのだった。

厨に近付くにつれていい匂いが漂ってきた。ほんわりとした湯気を頬で感じる。それからトントンくつくつと調理をする音。

「うちの料理は重箱婆って化け狸のお婆が作ってるんですよ。ハイカラな料理は教えても作れませんが、中々美味い飯を出すから安心してください」

「はあ……」

妖の作った料理とはどんなものなのだろうか。いい匂いだけれど厨を覗き見るのが少し怖い。もし壁に、髑髏や蜥蜴や蛇がぶら下がっていたらどうしよう。そんな想像をして私はブルッと体を震わせる。

「おーい、重婆！」

こっちの気持ちを知ってか知らずか、玄湖は呑気に厨の板戸の前で大声を出す。

「うるさいよっ！」

濁声が扉越しにビリビリ響く。

直後、ガラッと厨の板戸が開き、菜切り包丁を持ったおばさんが、しかめっ面で顔を出した。

「ひっ！」

その手にした包丁がギラリと光るものだから私は息を呑んで身を縮め、玄湖の腕に縋った。

「おや？」

おばさんは訝しげに首を傾げてこっちを見た。

そのおばさんの背後に見える厨には、想像していた怖いものは一切ない。見慣れたかまどや釜、ザルなどがあるばかりだった。まな板の上には茹で上がった青菜がこんもりと盛られている。

おそらく彼女が重箱婆なのだろう。小柄だが恰幅がよく、中年くらいの年頃に見える。農村のおかみさんのような藍色の野良着に前掛けをしている。さっきの信田もそうだが、外見からは全然妖に見えない。

おばさんはぱちくりと目を瞬いてから、傍らの玄湖を見上げる。

「……旦那様、まさかその娘っ子、攫ってきたんじゃないだろうねえ」

「何を言うんだよ重婆！　今日は嫁を迎えるから、ご馳走をたんと作ってくれと頼んでいただろう！」

「いやあ、だってまさかねえ、旦那様だもの。拝み倒してあの性悪なお燦狐に嫁に来てもらうしかないかって思ってたのに、一体全体これはどうしたことだい！」

重箱婆はあり得ないと言いながら手を振る。

それに玄湖は気まずそうに笑った。

「ああ、うん、お燦狐はちょいとねぇ。でもちゃーんと、小春さんという立派な花嫁を得たのだから、ご馳走は出してもらわないと。小春さんもお腹減ったでしょう」

「そりゃ、こっちも言われたからにゃ準備はしてるけどさ。……ちょいと待っておくれ、焦がしちまうと大変だから」

重箱婆は前屈みになると短い着物の奥から立派な尻尾を引っ張り出した。化け狸と言っていたから狸の尻尾なのだろう。彼女は己の尻尾から数本の毛を引きちぎり、ふっと息を吹きかけた。

すると飛んでいった毛の一本一本がむくむくと膨れ上がり、四人の重箱婆の姿を取ったではないか。そっくりだが、よくよく見ると重箱婆より一回り小さい。重箱婆はパンパンと手を叩く。

「さあて分身たち、あたしの代わりに料理を作っといておくれ！　焦がすんじゃあないよ！」

重箱婆の分身はかまどの鍋やまな板などに散って行き、黙々と働き出した。普通のおばさんにしか見えなくても、本物の妖なのだ。私は目を瞠った。

「小春さん、このおっかなーいおばちゃんが重箱婆ですよ」

「旦那様ぁ……？」

玄湖は重箱婆にギロリと睨まれている。

「あ、はじめまして。小春と申します」

私は重箱婆に向かって頭を下げた。重箱婆は慌てたような声を上げ、私より深々と頭を下げる。

「あらまあ、こんな婆に頭を下げんでくださいな。あたしのことはお重とお呼びください。小春奥様。あたしはこの屋敷で料理を任されております」

奥様という言葉に一瞬くらりとしたが、花嫁ということはそういうことだ。早く慣れなければならない。それでも気の良さそうな重箱婆を騙すのは、少し気が引けた。

「小春奥様はお嫌いな食べ物はありますかね？」

「え、ええと……あの、いえ……」

どんな食べ物が出てくるのかよく分からない以上、迂闊なことは言えない。

ちらりと見える厨（くりや）の中の食材は普段食べている物と大きく異なるようには見えないから、味もそうであることを祈るばかりだ。

「ああ、重箱婆、小春さんは半妖でね、長いこと人の世で暮らしてたから人間が食べるような物なら大丈夫なはずさ」

「あらま、そうなんですか。今日のはそんなに変わらないから食べられると思いますよ」

「しばらくはそういうので頼むよ。あと私はライスカレーやオムライスが食べたいんだが」

「そういうハイカラなのは、あたしにゃ無理です！」

お重の濁声（だみごえ）でキッパリと断られ、玄湖の尻尾（しっぽ）がへにゃりと力を失くす。

随分と威勢のいいおかみさんだ。どことなくお静さんを思わせる。お静さんはまだ三十路（みそじ）そこそこだったけれど、とても威勢のいいおかみさんで、母親のいない私に随分良くしてくれた。もしもあの時、お静さんの誘いに乗って夕食を共にしていたら、今ここにはいなかったかもしれない。

「ほらほら旦那様、いつまでも奥様を立たせていないで、居間に連れてってあげてくださいよ。お疲れなのに可哀想でしょうが」

「ああ、そうする。お重、他の奉公人たちはどこだい？　挨拶させようと思っているんだが」

「お楽なら居間の方じゃありませんかね？」

「ふうん、それ以外は？」

　お重はまたも目をぱちくりとして、呆れたように空を仰ぐ。

「もしかして旦那様、お忘れですか？　箒木は出産でしばらく休みですし、南天と檜扇はお暇を貰うってとっくの昔に屋敷から出て行っちまいましたよ！」

「……あれ、そうだったっけ？」

「まったく、なんっにも聞いてないんだから！　本当に目玉が付いてるのかねえ。箒木があんなにでかい腹を抱えてたのも覚えてないなんて。小春奥様、こんな方でいいんですか⁉　うちの旦那様はだらしがないし、人の話は右から左ですよ！」

　このやり取りは既に二回目だ。しかも奉公人からもそう思われているとは。

　本当に心配になる。まさか明日には私のことを忘れていたりはしないだろうか。いや、それならそれで家に帰るだけか。

　しかも言われた本人は怒るどころか、呑気に「あはは」と笑っている。

「びっくりだねえ、うちの奉公人、今はこのお重ともう一人のお楽しかいないんだってさ」

「……小春奥様、もし困ったら厨に来てくださいましね。あたしは大体厨におりますから」

お重は気の毒そうな表情で私の手をぎゅっと握る。

まさか疑われるどころか同情されるとは。なんとか引き攣った笑みを返した。

薄々勘付いていたけれど、この玄湖という男には少しばかり問題がありそうだ。

玄湖に案内された居間で私は目を丸くした。

居間として想像していた部屋の数倍広い。居間の行灯は他よりたくさん置かれていてずっと明るいが、それでも隅の方には光が届いていない。天井も高く、古びてはいるが襖絵や細かい透かし模様の欄間は見たことないほど立派だ。

「ああ、いたいた、お楽」

玄湖は居間で立ち働いていた着物姿の女に声をかけた。しかし彼女は背を向けたまま掃除の手を止めない。

「おーい、お楽。私の花嫁を連れてきたんだよ。ちょいと手を止めて挨拶してくれないか」

「あの、小春と申します……」

聞こえていないのか、お楽は一向にこっちを振り向かない。

「お楽？」

「その、お楽と申します女……」

背を向けた女がボソボソした声で話し出す。

「もしや、このような顔でしたかしら……？」

そう言って、突然クルリとこちらを向いた。しかしその顔には何もない。

目も鼻も口もない――のっぺらぼうだったのだ。

「きゃあっ！」

私は叫び声を上げて玄湖の腕に縋り付く。

しかし玄湖は、おいおいと気の抜けた声を出した。

「まったく、お楽は変なことをするのだから。すみません、小春さん。お楽は貉なんですよ」

「む……貉……？」

「ほほほ、まあ……驚いてくださいましたか……？　貉と言えば定番のこれでしょうと思いまして……」

お楽は手でのっぺらぼうの顔を撫でる。するとごく普通の女性の顔が現れた。それでようやくそんな怪談を聞いたことがあったと思い出した。

お楽は顔があるとお重とそう年が変わらなそうな中年の女だった。お重に比べて背は高く随分と痩せて顔色もどことなく悪いが、顔が付いていれば、ただの近所のおばさんにしか見えない。

私は驚きでまだ激しい鼓動を立てている胸のあたりを押さえた。妖の住む屋敷だと分かってはいても、こうして目の前で怪異を見せられると心臓に悪い。

「楽と申します……小春奥様、どうぞよろしくお願いいたします……」

「こ、こちらこそ、よろしくお願いします」

お楽はゆっくり、ボソボソと喋るのが癖のようだ。

「楽のお屋敷での主な仕事は風呂や洗濯などの水回りでございます……。繕いなどもいたしますから、何かありましたらお申し付けくださいまし……」

「は、はい」

「いやあ、さっきお重から聞いたのだけど、今うちの奉公人はお重とお楽しかいないんだってね。中々大変だろうがよろしく頼むよ」

「……はあ……掃除の担当でした箒木が抜けた穴が大変痛うございます……」

「でもまあ、いないものは仕方ないからねえ」

玄湖は自分の屋敷だというのに他人事だ。

これだけ広いお屋敷なら、掃除をするだけでも大変なのは間違いない。奉公人の人数が減ってはきっと追いつかない家事もあるのだろう。さっき、玄湖が叔母たちに掃除が出来る女中を探していると言ったのも、口八丁の出鱈目ではなく、案外本当のことだったのかもしれない。私はそう思いながら玄湖の狐面をそっと横目で見たのだった。

ざっくりと屋敷内を案内され居間に戻ると、お重の作ったご馳走が待っていた。やけに広い居間で、玄湖と二人きりで食事をする。

見た目も味も人の世の食事と変わらない。いや、豪華さは段違いだ。盆と正月がいっぺんに来たより更に豪華な食事に舌鼓を打つ。

しかし玄湖は食事中も狐面を少しずらしただけで外さなかった。狐面を付けたままだと、黙っていれば表情も感情も窺えない。飄々としているのは元々の性格のようだが、そもそも何を考えているのやら。

食事の後は、お楽が沸かしてくれた風呂に入る。家の鉄砲風呂よりずっと広くて、湯がたっぷりとあるのに感動した。足を伸ばせる風呂の素晴らしいことといったら。

「はぁ……」

つい気の抜けた声が出るほど気持ちがいいお湯だ。薬湯（やくとう）のようで肌への当たりも柔らかく、香りもいい。

今日一日で色んなことがあり過ぎてすっかり疲れ果てていた。

玄湖は喪中である私のことを考え、人を呼んでの婚礼儀式などはしないと言ってくれた。それにホッとしたのだが、よくよく考えてみたら玄湖が面倒がった可能性が高い。

玄湖は信田やお重の言っていた通り、だらしなくて口だけの男なのだと、この短時間で理解していた。

連れ添うために花嫁が欲しいのではなく、ただ花嫁を得なきゃならない理由があるから欲しているだけ。他人にも興味が薄いようだ。お燦狐もそれを察して早々に逃げた可能性がある。

私は自分の決断を少しだけ後悔し、重い気分でため息を吐いた。

「家に……帰りたいな……」

しかし帰りたいあの家に、もう父さんはいない。

じわりと涙が浮かび、慌ててお湯で顔を洗い流した。

「……あの、玄湖さん」

私はおずおずと玄湖に呼びかけた。

ここは玄湖の部屋だった。こちらも広々としている。そのわりに家具は少ないから普段は他の部屋を使っているのかもしれない。とにかく自分の家とは何もかもが違う段違いの広さだ。

その部屋の真ん中に布団が敷かれている。綿のたくさん入った分厚い布団は寝心地が良さそうだが――問題は一つしかないことだった。そこに枕が二つ並んでいる。

（そりゃそうよね。新婚夫婦だもの）

しかし私はあくまで三ヶ月後までの身代わり花嫁。一緒の布団に寝るなどとんでもない。

「あの、布団が一つしかなくて。出来れば、約束通り別々に寝たいです」

私は玄湖の狐面を見つめてそう言った。玄湖は褥（しとね）を共にしないと言ったし、私はそれを信じるしかない。

どうやら玄湖は、忘れていたか、何も考えていなかったのかもしれない。さも今思い出したかのようにポンと手を打った。

「ああ、そうでしたねえ。分かりました。……とはいえ他の部屋はちょいと障りがあるもんで。悪いけど小春さんはこの部屋で寝てくださいな。私はあっちの続き部屋で寝ますから」

玄湖は腕を組んでちょっと考えてから、隣の部屋に繋がる襖を指差した。

「でも、そうしたら玄湖さんのお布団は……」

「ああ、あっちに座布団が何枚かあるし、冬場に使ってた、かい巻きがあるから、今晩くらいは凌げるさ。明日からは別の布団を用意するようお楽に頼んでおきますから」

「あの、それでしたら私がそっちの部屋に行きましょうか?」

さすがに屋敷の主人である玄湖に座布団で寝かせるのが申し訳なくてそう申し出る。今日は相当疲れているから、座布団でも熟睡出来るだろう。

「いやいや、とんでもない。あっちは少しばかり散らかっていましてね。朝まではこっちの部屋に入らないから、私のことは気にせずゆっくり休んでおくれ」

慌てて襖を少しだけ開ける玄湖。しかし隙間から見えた続き間はそれはひどいものだった。

それほど広くない部屋に、家具らしい家具といえば文机があるだけだ。それ以外はごちゃごちゃと足の踏み場もないほどに散らかっていて、畳が見えないほどだった。

私は思いっきり眉を寄せる。

「ちょ、ちょっとなんですかそれ！」

「わあ、見ないでくださいよ」

玄湖は慌てて襖を閉めようとしたが、私はそれより早く足を突っ込んで止めた。

「こんな汚くて、寝る場所なんかないじゃないですか！」

「す、座って寝るからいいんです！」

「それ以前に、私言いましたよね？　髪の毛と尻尾を綺麗にしてくださいって。なんでもう寝支度してるんですか。お風呂に入ってください！」

「い、今は関係ないでしょう」

「いいえ、約束しました。ちゃんと守ってください！　お風呂に行くまで足を退けませんからね！」

私が睨むと、玄湖はわざとらしく息を吐いた。

「……分かりましたよ。風呂に入ってくればいいんでしょう」

玄湖の狐面が不思議と恨みがましい表情に見える。しかし玄湖には、遠慮するより強く主張した方がいいのだと、とっくに気が付いていた。

玄湖は諦めてすごすご風呂に入りにいった。

たっぷりの湯に浸かるのはあんなに心地いいのに、何故嫌がるのだろう。私にはまったく理解出来ない。

しかし亡くなった父も生前、酒を飲んだから今日はもう入りたくないと駄々をこねていたのを思い出し、ちょっとだけ笑みが浮かんだ。

「……もう、本当にだらしないんだから」

人も妖もそれほど変わらないのかもしれない。そう思った。

よし、と私は着物の袖を捲り上げた。

玄湖がこっちで寝ると言い張った続きの間を、少しだけ掃除しておこうと思ったのだ。掃除道具は明日お重かお楽に聞くしかないが、とりあえず玄湖が寝られるように場所を作っておかなくては。

文机の周りに落ちているのは大半が紙屑だった。何かを書き殴り、くしゃくしゃに丸めてある。勝手に中身を見るわけにもいかないし、ゴミに見えても使う物かもしれない。とりあえずは別の場所から発見した籠に入れて、明日玄湖に確認してもらおう。

大量の紙屑を一箇所に纏めるだけで畳が少し見えるようになる。

あとは似たような形の物を重ねて積み上げると少しずつ隙間が増えていった。

そのうち、ゴミの山から長持のような大きな箱が出てきた。

蓋を開けた途端、私は小さく叫んだ。

「きゃっ！　え、人形……？」

中に入っていたのは作りかけの人形だった。あまりにも精巧だから驚いた。まるで小さな人間が箱に入っているかのような出来栄えだ。だがまだ制作途中らしく目玉が転がっていたり、腕が外れていたりする。精巧過ぎる分、少し恐ろしい。

その周囲におそらく人形を作る道具類や小物があったので、とりあえず長持に纏めた。最後に長持の上に文机を載せてしまえば、とりあえず玄湖が寝られそうな隙間が出来た。たくさんの座布団やかい巻きも見つかった。

座布団は私の家で使っていたのとは大違いの分厚くて綿が詰まった感触だ。これなら一晩くらいどうにかなるだろう。

「あら、まだ箱がある」

積まれた座布団の下から出てきたのは八角形の綺麗な漆塗りの箱だった。見事な蒔絵が描かれている。無造作に転がっているが、かなり高そうな品物だ。しかし紐が劣化して千切れており、蓋もずれて半開きになっていた。

その蓋を開けてみると中には絵の描かれた貝が入っている。

「ああ、これ、貝桶なのね」

貝合わせで使う貝を収納する箱のことだ。

素人目にもいい品なのに、随分と雑な置き方をしている。もしかすると元々隣の部屋にあった物を慌ててこちらに詰め込みでもしたのかもしれない。

「――それ、見つかったんだ」

「――あれ、見つからなかったんだ」

そんな声がして私は慌てて振り返る。私の手にした貝桶を覗き込む少年がいた。しかも二人。

お腹の中の鈴は鳴っていない。だからこそ音もなく現れた二人の少年に、私は少なからず驚いた。

赤い髪の少年と黒い髪の少年。二人の容貌は色彩以外そっくりで双子のようだ。

「あ、貴方たち……いつから、そこに……」

「さっきからずっとさ」

「今来たとこさ」

二人の少年は互いにあべこべなことを言う。

　この家の奉公人は、お重とお楽だけのはず。ならばこの少年たちは勝手にこの屋敷に住み着いている居候だろうか。

「ねえ、貴方たちはここの人なの？」

「そう、僕はここの人」

「ううん、僕はよその人」

　二人で真逆のことを言うので、結局どちらなのか分からない。もしかすると、そういう言葉で人を煙に巻く妖なのかもしれない。

「お姉さんは人間だね」

「お姉さんは妖だね」

　人間だと言い当てられたかと思い、一瞬心臓がドキッとした。

「私は小春というの。この部屋は玄湖さんの部屋だから、勝手に入っては良くないかもしれないよ」

　少年たちは揃って首を傾げる。

「小春はいいの？」

「小春は悪い子？」

「私は玄湖さんのお嫁さんだから、ここにいていいのよ」

「そうなんだ」

「本当かな？」

「貴方たち、名前は？」

少年たちは目をぱちくりとさせ、お互いに顔を見合わせる。

「……どうも」

「……こうも」

恥ずかしそうに言った後、クスクスと笑い合い、そのまま部屋から駆け出していく。その後ろ姿には彼らの髪の色と同じ、狐の尻尾が付いていた。彼らの去っていくトタトタと軽い足音だけが響いた。

「どうもにこうも、ね」

赤い髪と黒い髪の少年。どちらがどうもでこうもなのかは結局分からなかった。

奉公人は二人だけだが、玄湖も把握していない居候の妖がウロウロしているなら、これからの三ヶ月は中々骨が折れそうだ。

「って、あれ？　貝桶は？」

少年たちが去り、貝桶を端に寄せておこうと思ったのだが、ついさっきまで目の前にあったはずの貝桶が消えていた。

おそらくは、どうもとこうもの双子が持ち去ったのだろう。

玄湖に謝らなければ、と息を吐いたところでちょうど玄湖が戻って来た。

「……小春さん、これでいいですかねえ」

玄湖のボサボサの蓬髪(ほうはつ)は今は濡れてしっとりとしている。尻尾(しっぽ)も同様だ。ちゃんと綺麗にしてくれたようで安心した。

しかし風呂上がりだと言うのに相変わらず狐面は外していない。

「あの、どうして狐面をしたままなんですか？」

「か、顔はちゃんと洗ってますよ！」

また怒られるのが嫌なのか、玄湖は必死にそう言い募(つの)る。

しかし私の聞きたいことはそこではない。

狐の嫁入りでお燦狐も狐面を付けていたからそういうものだと思っていたが、お燦狐はすぐに面を外していたし、同じく狐の信田も狐面は付けていなかった。しかし玄湖はずっと狐面を付けたままでいる。何か理由があるのだろうか。

「……別にいいじゃないですかあ。付けていたい気分なんですよ！　っておやまあ、部屋が片付いてる！　これ、小春さんが？」

思い切り話を逸らされた。ますます怪しい。

しかし、理由があるのなら触れないでおこう。表情が見えない以外には私に不便はない。

「片付いてってほどでもないですよ。少し物を移動させただけです。散らばっていた紙類は勝手に捨てたら悪いと思ったので籠に纏めてありますから、明日にでも確認してください」

「いやいや、私からすればとんでもなく綺麗ですよ！　私、自慢じゃないですが、片付けだの整理整頓だのが本当に嫌いで嫌いで。とにかく面倒くさいのが嫌なんですよねえ」

なんとなくその言葉から、今まで玄湖が面倒くさいと後回しにした結果が、この部屋の惨状である気がした。

「ひとまず、こっちで眠れるくらいにはしましたから。それと、さっき知らない妖の子供が来て……双子みたいにそっくりで、どうもとこうもって名乗ってたんですが、その子たち、この部屋で見つけた貝桶を持っていってしまったみたいで」

「双子ねえ。また勝手に住み着いた類でしょう。貝桶もあったか記憶にないような物ですし、別に構いませんよ。遊び飽きたら戻ってくるんじゃないですかねえ」

玄湖はかなりの面倒くさがりだが、その分おおらかでもあるようだ。

「それじゃあ、おやすみなさい小春さん。私は夜が明けるまでそちらの部屋には入りませんから、ご安心を」

「はい、分かりました。おやすみなさい」

玄湖が続きの間に入っていく。私もそれを見送って布団に入った。

玄湖はああ言ったけれど、一応念には念を入れることにする。

「ねえ、お腹の中の鈴。もしも玄湖さんが朝までにこっちの部屋に入ってきたら、鈴を鳴らして起こしてちょうだい」

鈴は返事をするようにシャンと鳴った。

この鈴、飲み込む時はあんなに嫌だったけれど、慣れてしまえばかなり便利なのかもしれない。それでも、さっきのどうもとこうものように鳴らないこともあるから気を付けなければ。

今日は本当に大変な一日だった。

強い疲労感もあり、ふかふかの布団に横たわると一瞬で意識が落ちた。

くすぐったくて目が覚めた。朝か、と思って身を起こそうとしたのだが、布団の中になにやらもそもそと温かい物の感触がある。腿のあたりを触られているような――

（う、嘘っ⁉　でも鈴は鳴ってないし……）

焦る私の耳に布団の中から「きゅうん」と鳴き声が聞こえた。

そっと布団を持ち上げると、鼠より一回り大きい子犬そっくりの姿があった。可愛らしく小首を傾げて欠伸を一つ。

「ス、スイカツラだったのね……もう脅かさないでよ」

てっきり玄湖かと思った私は熱くなった頬を手で扇いで冷ました。

スイカツラは私の気も知らないで伸びをしている。蛇の尻尾もピーンと伸びた。尻尾が蛇である以外は愛らしい。犬神と聞いてなんだか怖い気もしていたが、仕草なんかは犬と同じだ。

おそるおそる手を伸ばして撫でてみる。首のあたりを撫でると心地よさそうに口を半開きにした。

「……なんだかお餅みたいな感じ」

普通の犬より柔らかい気がする。昨日思いっきり踏んでしまったけれど怪我をしていないか確認するのに胴の方も揉んでみたのだが、外側は毛皮でふわふわ、内側はぷにぷにで弾力があり、骨がどこにあるのか分からない。

「まさか骨がなかったりとか……？」

結局スイカツラの謎は深まるばかり。しかし怪我はないようで一安心だ。

「なんか見慣れてきたら可愛く思えてきたかも」

蛇の尻尾はまだちょっと気味が悪いが、それでもただの尻尾だ。蛇の頭が付いているわけでなし、噛まれる心配もないのだからなるべく気にしないことにした。

お楽が用意してくれた着替えは華やかな銘仙の着物だった。流行りの銘仙は値段が手頃で私も何枚か持っていたが、普段着ていたものよりずっと上質だ。光沢のある布と色鮮やかで小粋な柄に、ちょっと弾んだ気持ちで袖を通した。

「小春さん、起きてますかね。もう襖を開けて大丈夫ですか？」

襖越しに玄湖から声をかけられる。

正直玄湖のことは朝からスイカツラとの遭遇や素敵な着物ですっかり頭から抜け落ちていた。

「大丈夫です。おはようございます」

「おはようございます。……小春さん、朝から元気ですねえ。さすが、しっかりしてらっしゃる……」

玄湖は眠そうな声だ。狐面も相変わらず付けているが、少しずれている。昨日せっかく綺麗にした髪もまたボサボサになっていた。

「あの、髪の毛ボサボサですけど」

「……はい。ですが櫛が見当たらなくてですね……」

「あ、昨日私が片付けちゃったからかしら。私の櫛を使ってください。……いえ、もしよければ私が梳かしましょうか？」

思わずそう言ったのは玄湖の面倒くさがる性質を思い出してのことだ。強く言えば渋々やるのだろうが、適当にされるくらいなら私がやる方が綺麗になるはずだ。

「うーん、じゃあお願いしますよ」

玄湖は欠伸をしながら私の前に背を向けて座った。眠くてあまり考えていないのかもしれない。

「あの、玄湖さん。狐面の紐が邪魔なんですけど。紐を解きますから、落ちないように手で支えててくれませんか」

「……ああ、そうだった。なら梳かし終わるまで外してますねぇ」

玄湖はあっさりとそう言い、狐面を外した。私に背を向けているから顔は見えないままだけれど、外すことは出来るらしい。まあ、今までも何度かずらしていたから今更かもしれない。

玄湖の赤茶けた髪は洗う前は本当にひどい有り様で箒でもかぶっているかのようだった。それに比べれば寝癖でくちゃくちゃになっているが汚れているわけではない。櫛を通せば艶も出てくるし、自分とは違う柔らかい感触の髪は新鮮だ。なんだか少し楽しくなってくる。

「終わりましたよ」

玄湖にそう声をかけたが返事がない。どうやら髪を梳かしている間に再び眠ってしまったようだ。こっくりこっくりと船を漕いでいる。その手には狐面がまだあり、今ならこっそり顔を見ることが出来るかもしれない。

（どうしよう。……こっそり覗いちゃおうかな）

そんな誘惑に駆られるが、私は慌てて首を振る。狐面で隠しているのは、きっと隠したい何かがあるからだ。ただの好奇心で見てしまうのはよくない。

そもそも私が父さんの言いつけを破り、着物を濡らしたくないあまりに松林を通ろうなんて考えなければ、狐の身代わり花嫁になることもなかったのだから。

「玄湖さん、寝ないでください！」

そう呼びかけると、玄湖は眠そうな声で返事をした。

「寝てないったら……」

「もう、船を漕いでたじゃないですか。終わりましたから狐面を付けて大丈夫ですよ」

「ああ、うん。ありがとうございます小春さん」

「どういたしまして」

ちゃんと梳かしたら赤茶色の髪に艶が出て綺麗に纏まっていた。尻尾もやってあげた方がよかっただろうか。私はふさふさと揺れる尻尾を見てそんなことを考えた。

「ちょいとお楽に布団のことを頼んできますかね。小春さんはお重が呼びにくると思いますからここにいてくださいな」

布団のことをちゃんと覚えていたらしい。玄湖は眠そうにのろのろとした足取りで部屋から出ていった。

「——見なかったんだね！」

「——見ちゃったんだね！」

玄湖と入れ替わるように、突然現れたのは昨夜の双子の少年だった。

またあべこべなことを言っている。しかも私が玄湖の顔を見ようか逡巡していたことさえお見通しのようだ。

「また覗いていたの？　それとも貴方たちは私の心が読めるの？」

そう聞いてみると、どうもとこうもは顔を見合わせてくすくすと笑う。

「ぜーんぶ知ってるよ」

「なんにも知らないよ」

不思議な双子だ。おそらく片方が真実を、もう片方が嘘を言っているのだと思うのだが、どちらがどちらなのか分からない。

「ねえ、昨日貝桶(かいおけ)持っていったでしょう。遊び終わったらでいいから返してね。玄湖さんの物だから」

「あれは僕のだよ！」

「それは君のだよ！」

私はその返答に眉を寄せた。片方が真実を言っているのなら、玄湖のだという正解の答えが入っているはずなのに、どちらも不正解だ。

どうもこうも。

二人の名前を縮(ちぢ)めて、ああ、と私は手を打った。

この双子はどうにもならないという意味で使う『どうもこうもない』からきている妖(あやかし)なのだ。確かそんな名前の妖(あやかし)がいたはずだ。父さんが子供の頃寝物語に聞かせてくれたのは、一つの体に首が二つあって別々のことを話す……そんな話だったような。

それなら二人のあべこべな言葉には、あまり意味はないのかもしれない。

「小春、残念だったね」

「小春、嬉しいね」

双子は笑いながらまた駆け出す。意味ありげな言葉だが、考えたところで答えは出なさそうだ。

「この調子で三ヶ月もどうしたらいいのかしら……」

私はまた息を吐いた。


さて、暇である。

玄湖にも聞いたが、玄湖の妻としてやらなきゃいけないことは特にないらしい。だからといって何もしないわけにはいかない。我が家にいた頃は母がいないので家事をしつつ女学校に通っていた。特別に働き者というわけではないが、暇を持て余すのは好きではない。

しかしこの屋敷では料理はお重が、洗濯などはお楽がやっている。

私が出来そうなのは掃除くらいだ。確か掃除の担当だった奉公人が産休中だと言っていた。これだけの広い屋敷なら掃除する手はいくつあってもいいだろう。掃除をしながら屋敷をうろうろすれば道順も覚えられるし、どこに何があるかも把握できる。

それに、と続きの間をチラリと見る。昨日ほんの少し片付けたが、まだまだあり得ないほどに汚い。

よし、掃除をしよう。

とりあえず当面の目標が出来た。先がまったく見えない中で少しだけ気持ちが軽くなる。

明るくなってから見た屋敷の中は、思っていたよりずっと古びていて、あちこちガタがきているようだった。

縁側の掃き出し窓も開け閉めに力がいるし、毎回ギギギギと耳障りな音を立てる。壁は薄汚れて亀裂が走り、畳や床板はすっかり日に焼けて色褪せていた。更に部屋の隅には埃が溜まっており、襖や障子も穴が空いたまま放置されている箇所が幾つもあった。

建物自体が古いし、おそらく掃除や修理が追い付いていないのだろう。

しかし、掃除のしがいがあると思えばやる気が出るというものだ。

掃除をするにも、まず玄湖に確認を取らなければならない。

玄湖は続きの間に並べた座布団の上に転がり、のんべんだらりとしている。その周りには、昨日軽く片付けた部屋の荷物やゴミが積み上がっているのだが、気にならないのだろうか。

私はちょっと呆れた視線を送る。

「あの、玄湖さん」

「なんですか、小春さん」

「ええとですね、私は綺麗な部屋で過ごしたいんです。隣と言ってもそこは続きの間ですし、玄湖さんが出入りするのに目に入るでしょう。正直、見ているだけでもう耐え難いんです！　それで、玄湖さんにも掃除に協力してほしくて。お願いします！」

掃除をしろと頭ごなしに言っても玄湖のようなタイプは動かない。玄湖自身は汚くても気にならないからだ。だから、私がどうしても気になるから、と掃除する理由を伝える作戦に出た。

「ええ、でもなぁ……いや、やっぱり掃除なんて必要ないですよ。昨日小春さんが片付けてくれましたから、ほらこの通り横になれますし」

「でも、さっきお楽さんが用意してくれた布団を敷くにはまだ少し狭いですよね。掃除は私がやりますから、玄湖さんはいる物いらない物を仕分けるだけ。それでどうでしょう？」

「仕分けだけ？」

「はい。玄湖さんは、捨てていいものかどうかを確認するだけです」

「……うーん、まあ、それなら……」

譲歩に見せかけて、最初からお願いする予定だった仕事をあっさり引き受けてもらえた。作戦成功だ。

「それじゃ、早速やりましょう。大きな物は一旦こっちの部屋に置くとして……なるべく続きの間は早めに綺麗にしましょうね！」

私はお楽に用意してもらった襷をかけ、お重から場所を聞いて探し出した掃除道具を並べた。あの二人も最初は私が掃除をすると言うと戸惑っているようだった。こんな大きなお屋敷の奥方は家事をしないのだろうか。しかし手が足りなくて掃除が出来ていないなら、手の空いている私がやっても悪いことはないはずだ。

「ず、随分と本格的ですねえ」

玄湖ははたきを手に取ってブンブンと振った。

「大丈夫です。私はお掃除嫌いじゃありませんから！」

私は玄湖の手からはたきを取り返しながら言う。父さんから、物は大切にしろと口酸っぱく言われていた。しっかり掃除をして、よく手入れすれば古い家でも住み心地がよくなる。私の生まれ育った家もそうだった。

「まずはこの籠に入れた紙ですね。落ちていたのを全部入れちゃったので、必要な物だけ抜いてください。いらなければこのまま捨てちゃいますから」

「ああ……それは全部いらないやつ」

「はい。じゃあ次はこっち」

私は玄湖がいらないと言う物を何往復かして運び出していく。

ゴミを捨てて不用品を出しただけで随分綺麗になった。しかし今日中にこの続きの間を片付け終わらないと、玄湖がやる気を失ってしまいそうだ。少し大変だけれど、さくさく終わらせよう。

私はせっせと立ち働いた。

「あの、小春さん。……実は探している物がありまして……」

「え、なんですか?」

「これくらいの、透き通った金色の石のようなものだと思うんですが」

尾崎は人差し指と親指で丸を作る。

「えっ、宝石ですか⁉　どこら辺に仕舞ったかだけでも覚えてませんか?」

「いや、その……実は、落としてしまって。どこにあるのかさっぱり。二個あるはずなんですが」

「うーん、見なかったと思いますが、探しておきますね」

　私はふと思い出す。

「そういえば昨日、長持に色々細かい物を入れたんです。もしかしたらその中にあるかもしれません。確認してもらってもいいですか？」

　私は人形が入っていた長持の蓋を開ける。玄湖は長持に手を突っ込んでかき回し始めた。その乱暴な手付きに少し心配になるが、本人はいたって平気そうだ。

「ああ、これ作りかけの人形を入れていたやつですね。思い出しました」

「もしかしてこの人形を作ったの、玄湖さんなんですか⁉」

　どれも作りかけだが、かなり精巧な出来映えだ。父さんがたまに頼まれて雛人形やその小道具を作る仕事もしていたのを見てきたから、余計にそのすごさが分かる。

「ええ。手前味噌ですがね。中々上手いもんでしょう。ただ二体ほど首を切り離しておいた人形があったはずなんですが。……おや、ない」

　玄湖は長持を手で探りながら首を捻っている。

「ど、どうして人形の首を切ったりなんか……」

　可哀想だし、ここまで精巧な人形がもったいない。

「それが、あまりによく出来過ぎて、意思を持って動くようになっちゃいましてね。まだ年数が経ってないのに付喪神（つくもがみ）になってしまったんですよ。ですが、物としては若過ぎて、私の言うことを聞かなかったんですよねぇ。その鈴なんかは、よぅく言うこと聞く素直な子でしょう？」

お腹の中で鈴がシャンと返事をする。

玄湖はほらね、と言った。

なるほどと思ったが、口には出さず眉を寄せた。

精巧な人形もこの屋敷では意思を持って動き出すのだ。夜中に人形が動いていたら怖いなんてものじゃない。ゾクッと背筋が震える。

「おや小春さん、もしかして震えてます？」

「もう、お喋（しゃべ）りは後！　掃除の続きをやりますよ！」

揶揄（からか）うような言い方が腹立たしい。へらへらした玄湖にピシャリと厳しい声を飛ばすと、玄湖は相変わらず表情の読めない狐面で首をすくめた。

しかしその後は玄湖も多少は協力的になり、無事に続きの間の片付けは終わった。

中身の入った長持なんかは自分だけでは動かすのが大変だったから助かった。玄湖はひょろりとして見えても妖（あやかし）だからなのか、まったく重さを感じていないように運ぶのだ。

すっきりした続きの間を見て微笑む。清々しい気分だ。

たくさんの書き損じがあったことから、玄湖は書き物をするのだろう。文机の隣には道具箱を置いたし、万年筆やインクも見つけ出した。布団を敷く場所も十分ある。

ひとまず、続きの間が綺麗になってよかった。

「それじゃ、最後に雑巾がけでもしましょうか」

「ええ……まだやるんですかぁ……」

「あと少しですよ。ありがとうございますって心を込めながら拭くと気持ちがスッキリしますよ。よく父さんがやっていたんです。父さんは、母さんがやってたからって言ってましたけど」

「そんなもんですかねえ」

「そんなものですよ。あとは私がやりますから、玄湖さんは手を洗ってきたらどうですか？」

「じゃ、お言葉に甘えまして……」

玄湖はそそくさと部屋から出ていった。

私は昔から、この最後の仕上げで拭き掃除をするのが好きだった。

「……綺麗になってくれてありがとう。これからもよろしくね」

お腹の中で鈴がチリリリと小さく音を立てる。普段とは違う音だ。

（今の音、なんだろう……？）

はて、と私は首を捻(ひね)る。

しかし考えても分からない。私はとりあえず掃除を再開した。

続きの間だけで一日仕事だった。明日からは他の場所も少しずつ掃除をしていこう。

掃除道具を片付けていると、鋤(すき)や鍬(くわ)などの土いじりの道具も見つかった。

信田から貰(もら)った何かの種を蒔(ま)こうと思っていたのだ。懐紙(かいし)を開くと白い小粒の種が入っている。

庭の日当たりの良さそうな場所にその種を蒔(ま)いた。少し前まで庭師の奉公人がいたこともあり、土などはそのまま使えそうで助かる。

妖(あやかし)の世の植物なのかどうかは分からないが、私がいるうちに芽くらいは出てほしい。そう思いながら水をやった。

あっという間に一日が終わった。昨日に負けず劣らず疲れ果て、今夜もよく眠れそうだった。

そして、翌朝。

なんだかやけに屋敷が明るい気がした。晴れて天気がいいからそう感じるだけだろうか。

私は違和感に首を傾げて着替えを済ませる。

「あら……？」

今日は掃き出し窓が変な音を立てずにすんなりと開く。木の枠や床板もこんなに艶々した飴色だっただろうか。

部屋の隅なんてもっとどんよりしていた気がするし、障子や襖まで綺麗に――どう考えても昨日まで開いていた穴が塞がっている気がする。

「……待って。これ、どういうことなの……」

確実に屋敷が綺麗になっている。

「あ、あのっ、玄湖さん、屋敷の様子が――」

日が高くなってからようやく起きてきた玄湖に、私は掴みかかる。

「んん……なんですか眠たいのに……。おや……すごいですね小春さん」

しかし現状を説明する前に玄湖はなんでもないことのように眠たげな声で言った。

「たった一日で屋敷神がこんなに元気になるものなんですねえ」

「ま、待ってください。ちょっと意味が分からなくて……そのあたり全部説明してください！」

私は眉を寄せ、玄湖の袖をしっかりと握った。玄湖は理解しているみたいで勝手に納得しているが、私はわけが分からないのだ。

「えー……めんど……いえ長くなりますからねえ。また今度ってことで」

「ちょっと、今面倒くさいって言いかけましたよね⁉」

正直なところ私は本当に混乱していた。玄湖の袖をぐいぐいと力任せに引っ張る。玄湖は迷惑そうにしているが知ったことではない。説明してくれるまで離すつもりはなかった。

「いやいやそんなこと。あ、そうだ。昨日みたいに髪を梳かしてくれたら、その間にご説明しましょう」

「う……分かりました」

昨日の大掃除で、玄湖の身支度をするための道具も掘り出し使えるようにした。なのに、また私にやらせるらしい。

しかし玄湖は自分が面倒だと思うことは絶対にやらない。髪の毛を整えることもだが、説明も省くし全てが適当だ。煙に巻く時はあんなにも饒舌なくせに。

「いやあ、小春さんにやってもらうと心地よくって」

「もう今日は寝ないでくださいね。それで、この屋敷はどうなっちゃったんですか？」

私は寝癖でボサボサになっている玄湖の髪を櫛で梳かしながら、屋敷が変化したことについて尋ねる。

「へえ、小春さんは来たばかりなのに細かいところまでよく見てますねえ。まず最初に、この家は屋敷神なんですよ。屋敷神っていうと人の世だと家の敷地内にある小さなお社のことですね。私と同じ狐が祀られてたりしますね」

「ああ、そうですね。小さい鳥居なんかがあったりして」

「まあ、あれとは少し違いますが、狐が住んでるのは同じですかね。私は妖ですけど、それなりに力が強かったものですから場合によっては祀られもします。つまり私が住んでいるから、この屋敷は屋敷神なんです」

櫛を動かす手を止めて首を傾げる。

「ええと……よく分かりません」

「うーん、付喪神は分かりますよね」

「長く使った道具なんかが妖になるっていう……」

「そうです。長く使えば器物も霊性を帯びて命が宿るってやつですね。生き物の形や、入れ物の形をしていると特に命が宿りやすい。特にこの屋敷は私という強い妖が住んでいるから、特別強い霊性を帯びて付喪神になってしまったわけです」

強い妖と言うのは少し疑問がある。

玄湖は木の葉の紙幣や瓦の小判で叔母夫婦を騙しはしたが、それ以外は妖らしいところを全然見せない。信田のように狐火を出すわけでもないし、今のところ日がな一日ごろごろしているのだから。

「じゃあこの屋敷自体が付喪神で、生きてるんですか」

「そうですよ。よく物を大事にしたら魂が宿ると言いますよね。きっと小春さんが心を込めてお手入れしてくれたことで、涸れかけていた屋敷神の霊性が再び吹き込まれた。だからより良い姿に戻ったわけです。しかし、まさか一晩でこれほどとは……いやー驚きました。小春さんって付喪神の手入れが得意なんですねえ」

得意と言われても、私にそんなつもりはない。ただ続きの間を掃除しただけなのに、この家全体が綺麗になるなんてわけが分からない。

私の知る常識と妖の常識はやはり違い過ぎる。くらりと目眩がして額を手で押さえた。

「正直……わけが分かりません……」

「え、なんでです？　綺麗になったからいいじゃないですか。自分で障子を張り替えたりしないでいいんですから便利でしょう」

　それはそうかもしれないが、状況を呑み込むのに時間がかかるのだ。

　玄湖は説明はもう終わったと判断したのか狐面をかぶり直した。

「それよりお腹空きましたねえ。お重ってば今朝に限ってこんなに朝餉が遅いなんて」

　ちょうどそこにお重が呼びに来た足音が聞こえてくる。なんだかやけに軽やかな足取りだ。

「旦那様ー！　遅くなってしまって申し訳ないねえ。朝餉の準備が出来ましたよ！」

　私はその声を聞いてぽかんと口を開けた。

　お重のやや嗄れた独特の声質は変わらないが、声が断然若い。

　慌てて障子を開けるとお重によく似た風貌の若い女が立っていた。小柄でふっくらした顔も、藍色の野良着に前掛け姿もお重と同じだが——お重がそっくりそのまま若返ったようにしか見えない。

　私は玄湖と顔を見合わせた。さすがに玄湖も驚いている。

「あの、お重さん……？」

「はい、なんでしょう小春奥様」

「な、なんだか……若返ってないかしら」

私の言葉にお重は頬を赤く染めて身を捩った。

「あらっ、お分かりになりますぅ⁉ なんだか急に娘時分みたいになっちまいまして。嫌だぁ恥ずかしい！ でも身が軽いからか心も軽くってねえ！ もう重箱婆じゃなくて重箱娘かしら、なんちゃって！」

お重は自分の言ったことにケラケラと笑う。私は呆気に取られて笑うお重を見ていた。

「でもねえ、あたしだけじゃないんですよ。お楽まで昔みたいになっちまって。くねくねして新しい着物を買おうかしらん、なーんて色気づいたこと言ってるんですから」

「お楽さんまで⁉」

「はい。もしかしたら小春奥様のおかげかしら。屋敷も若返って、ついでにあたしらも若返ったのかもしれませんねえ。それじゃ、先に戻りますんで、朝餉が冷めないうちに来てくださいましね」

そのまま鼻歌まじりに軽い足取りでお重は行ってしまった。とっても機嫌が良さそうだ。

私の方は朝から混乱しっぱなしで、再び玄湖に掴みかかる。

「く、玄湖さん、あんなことってあるんですか⁉」

「うーん、ないこともないだろうけどねえ……」

玄湖は腕組みをして思案していたが、すぐにどうでもよくなったみたいにへらへら笑いながら言う。

「ま、考えても意味はないですよ。妖の理はめちゃくちゃですからねえ。お重の言った通り屋敷神の力じゃないですか。お重は足が痛いの腰が痛いのってぶつくさ言ってたし、お楽も最近疲れやすいって言ってたから、若返ったのはいいことでしょう」

玄湖は細かいことは気にしないらしい。それが妖だからなのか、性格のせいなのかは分からない。

「もう……本当にわけ分かんない……」

私は頭を抱えた。

居間に行くと、お重の言う通りお楽も若返っていた。やや曲がり気味だった背中がしゃんと伸びている。

私の姿を見つけると、お楽は深々と頭を下げた。

「これも小春奥様のおかげでございます」

「いえ、私は……」

「お重は若返って一層やかましくなりましたが、楽は若い体になったのは純粋に嬉しゅうございます。ふふ……新しい着物を用意しようかと……」

細面に柳腰のほっそりした女性だ。相変わらずゆったりとした喋り方で、袖で口元を隠して含み笑いをしている。

「昨今流行りの銘仙なんか色鮮やかで……本当に素敵です。ずっと着たいと願っておりましたが、若向けの柄には中々手が出せず……。ふふふ、新しい着物のことを考えるだけで気持ちも華やぎますね……」

「はあ……」

居間の畳も青々としているし、薄汚れていた襖も新品みたいだ。まさか他の部屋もみんなこうなのだろうか。

朝から衝撃が大き過ぎて、美味しいはずのお重の朝餉の味がよく分からない。

そんな私の足元にスイカツラがちょこちょこと歩み寄ってくる。いつのまにか居間に入り込んだらしい。こっちを見て涎を垂らすものだから、卵焼きの切れ端を少しだけ与える。蛇の尻尾を犬のように振ることはないが、嬉しそうに黒い目を輝かせて切れ端に食いついた。その姿はやはり可愛らしい。

しかしこの調子では、明日にはスイカツラが巨大化してたりして。いや、本当にそうなったら困る。さすがに勘弁してほしい。

そんなことを考えながら私は遠い目をした。

三章

「小春奥様ぁ！　これ召し上がってくださいな！　団子に羊羹、あられもありますよ！」

「小春奥様……この帯締めなんてどうでしょう。それにこの帯留を合わせると、とてもよくお似合いで」

私はお重とお楽から熱烈な歓待を受けていた。

お重からは菓子をたんまり用意され、お楽は私の着物に合わせた小物類を広げている。

「ちょっとお楽、小春奥様に美味しいものを召し上がってもらうんだから、そんなチャラチャラしたのなんて引っ込めておきな！」

「……そちらこそ田舎(いなか)くさい菓子など後になさってください。今は楽が小春奥様に選んだ上質の物をお見せしているのです」

「ちょ、ちょっと……二人とも、喧嘩はしないでくださいね」

「喧嘩だなんて、そんなもんじゃありませんよ」

「はい……その通りです」

二人は張り合いながらニコニコしている。

若返って機嫌がいいみたいだ。しかしよくよく見ると小突き合っている。まったくこの二人、仲がいいのか悪いのか。

「小春奥様……この巾着は楽が作りました。刺繍(ししゅう)もいたしまして……小春奥様にとても似合うと思います」

「小春奥様！　お掃除でお疲れなんですから、甘い物をたんと召し上がってくださいよ。全部あたしが作ったんです。お茶のお代わりもありますからね」

「え、ええ……」

私が人間だとバレないのはいいことだが、逆にこれだけ気に入られてしまうと良心が痛む。

それにいくら美味しくても菓子ばかりたくさん食べられないし、上質過ぎる着物は掃除をするのに不向きだ。

「それにしたって、小春奥様は半妖だって聞きましたけど、すごいお力をお持ちなんですねえ！　あっという間に屋敷神にこんなに力を注げるだなんて！」

「旦那様は……もう何年も屋敷神に力を注いでくださらないので、この屋敷はもう朽ちていくのみかと思っておりました……掃除担当の者がどれほど働いても、元のようにはならず……」

「そうそう、旦那様ったら全然仕事しないからさ。あたしらも枯れる一方だし。そりゃ、あたしら以外の若い奉公人は出ていきますよ。それで他の狐の方々から叱られてるんですもん」

「へえ、そうだったんですか」

「今は楽たちも若いですけどね……ふふふ……」

なんとなくこれまでの事情が分かってくる。

玄湖はあれだけ面倒くさがりなのだ。おそらく屋敷の主としてやるべきことをやっていないのは簡単に想像がつく。

「ありがとう。私、もう少し掃除をしてくるから」

「まあ……もう休憩終わりですか……」

「小春奥様は本当に働き者ですね。爪の垢を煎じて旦那様に飲ませてやろうかしら」

苦笑して再び掃除をするために立ち上がった。

最初に大掃除をしてから数日、屋敷はすっかり見違えていた。

綺麗になったというより、往年の姿を取り戻した。そんな言葉が合うのかもしれない。襖や畳が新品のようになっている。

ただ、使っていない調度品があちこちに乱雑に置かれているのは変わらないし、部屋の隅の埃なんかもそのままだ。気になったところを掃除すればするほど、それに応えるように屋敷が力を取り戻し綺麗になっていくから、やりがいがあった。

「玄湖さん、ちょっと足元失礼しますね」

「え！　まだやる気なんですか……小春さん疲れませんか？」

「疲れません！　もう、また散らかして」

玄湖は掃除を手伝うどころか、続きの間から出るつもりがなさそうだ。私も当てにしていないが、掃除した床にゴミを置きっぱなしにするのはやめてほしい。

怠惰な玄湖の代わりに、私の後ろをスイカツラがちょこまかとついてくる。卵焼きをあげたから懐いてしまったのかもしれない。この後、雑巾がけをしようと思っていたのだが、スイカツラがウロウロしていると、この間みたいに踏んづけかねない。

「危ないから邪魔しないで。外で遊んでなさい」

「んきゅう」

スイカツラの柔らかい体を抱いて、縁側から庭に出す。蛇の尻尾にもすっかり慣れて、もう気にならない。

少し離れた陽だまりに他のスイカツラが遊んでいるのが見えた。

「ほら、あっちにお友達がいるわよ」

どうやらスイカツラは屋敷内に何匹もいたらしい。仲間を見つけて、嬉しそうに走り寄っていった。

私が踏んでしまったスイカツラは一匹だけ耳が垂れていて鼻周りが黒いので他のスイカツラと交じっても見分けがつきやすい。

「……あ、転んだ」

垂れ耳のスイカツラはどんくさいのか、仲間の元に辿り着く前に足をもつれさせて転び、きゅうきゅうと鳴いている。

なんだか心配になる。そもそも私の足元に絡んで踏まれるようなどんくさい子だ。

思わず手を握って見守っていると転んだスイカツラはなんとか立ち上がり、仲間の側まで行くことが出来た。よかったと安堵したが、その思いは長く続かない。

「きゃいんっ！」

痛そうな声が響く。慌てて見ると垂れ耳のスイカツラは他のスイカツラたちに噛み付かれているではないか。遊んでいるにしてはやけに激し過ぎる。こっちにくるなと言わんばかりの威嚇（いかく）をされ、垂れ耳のスイカツラはひんひんと鼻を鳴らした。

「待って！」

私は居ても立ってもいられずに縁側から飛び下り、スイカツラたちのところへ向かった。

「寄ってたかっていじめるのはやめて！」

「な、何やってるんですか⁉　危ないですよ小春さん！」

玄湖の制止する声が聞こえたが、私はスイカツラの中に割って入る。垂れ耳のスイカツラを抱き上げたところで足にちくりと痛みが走った。

「いたっ！」

威嚇（いかく）していたスイカツラが私の足首に噛み付いてきたのだ。他のスイカツラも更に威嚇（いかく）してくる。その声は犬というより蛇（へび）みたいだ。

がぱっと口を開き、そこから針のような鋭い歯が覗いている。歯からして犬とは違う生き物なのを今更ながら実感した。そんな歯で噛まれたから、足首は噛み傷というよりも針で引っ掻いたような傷になっている。

スイカツラは小さいが数が多く、今にも私に飛びかかってきそうだ。気が付けば取り囲まれ、私の退路はなくなっていた。お腹の中の鈴はさっきから警戒音のように鳴りっぱなしだ。

……今更だけど、もしかしてまずい状況だろうか。

腕の中の垂れ耳のスイカツラは今もプルプル震えて鼻を鳴らしている。なんとかこの子を守らないと、と強く抱きしめた。

「小春さんっ！」

そう思った時、玄湖が縁側から飛び下りてこちらに走ってくるのが見えた。

玄湖はスイカツラたちの輪を追い払うようにドンと地面を踏み鳴らす。スイカツラは私たちを威嚇（いかく）しつつも玄湖から少しずつ距離を取り始めた。

「こら、しっ、しっ！　小春さん、行きますよ！」

スイカツラの囲みが開いた箇所から、私の腕を掴んで引っ張り出した。

縁側のところまで下がると、ほっとしたのか途端に噛まれた傷がヒリヒリと痛みだす。

「もー、ヒヤヒヤさせないでくださいよ。犬神だって言ったじゃないですか。見た目通りの子犬じゃないんですよ！」

「ご、ごめんなさい」

「突然、裸足で庭に駆け出すから何事かと思いました」

そう言う玄湖も裸足だった。

もしかしたら心配してくれたのかもしれない。

「……噛まれてますね。深くはなさそうだけど血が出てる匂いがします。手当しないと」

「玄湖さん、待ってください。この子も怪我をしてるかも」

私は腕の中の垂れ耳のスイカツラを差し出した。

玄湖は呆れたように肩をすくめる。

「そいつのせいで怪我したんでしょう。いいんですか？」

「いえ、私が不用心だったせいです。この子、ちょっとどんくさいみたいで心配で」

「きゅー……」

垂れ耳のスイカツラは目をうるうるとさせて私の手をペロペロ舐めてくる。

「……分かりましたよ。まったく貴方という人は……。薬を貰ってきますから、座ってください」

「はい、ありがとうございます」

玄湖は薬を手にしてすぐに戻ってきた。私の足首の傷に薬を塗り、包帯を巻いてくれる。玄湖が持ってきてくれた薬はよく効くのか、傷はすぐに痛まなくなった。

垂れ耳のスイカツラにも怪我はなかった。かなり噛まれていたと思うが、見た目よりずっと頑丈みたいだ。

「このスイカツラははぐれですね」

「はぐれ？」

「上手く仲間に入れない個体のようです。力が弱いのか、それともどんくさいからですかねぇ。でも、もうあんな風にスイカツラの中に割って入っちゃ駄目ですよ。次は怪我だけじゃ済まないかもしれませんからね」

「はい。あの……この子を飼っちゃ駄目ですか？　面倒は私が見ますから」

そう尋ねると玄湖は首を傾げた。

「……飼いたいならいいですけど、小春さんこそ期間限定の妻なの、ちゃんと覚えてます？」

「あ！」

そうだ。私は親族会議までの三ヶ月間だけ花嫁のフリをするのだった。だんだんと屋敷の生活に慣れてきて、ついそれを失念してしまっていた。

そっと玄湖を窺うが、狐面のままなので表情が読めない。苦笑しているのか、それとも苦々しく思っているのか。

そう思ったところで玄湖はまた寝癖の付いている頭を掻く。

「ま、いいですよ。後のことは後で考えたらいいんです。それより飼うなら名前付けないといけませんね」

「ありがとうございます！　あの……どんな名前がいいか、玄湖さんも一緒に考えてくれませんか？」

「私がですか？　うーん、じゃあ、また髪の毛を梳かしてくれませんかね。このままじゃお重やお楽がうるさくって」

「はい！」

嬉しい気持ちが湧き上がってくる。私は玄湖ににっこりと微笑んだ。

そうして、垂れ耳のスイカツラの名前は『麦』になった。

麦は踏まれて強くなるから、らしい。

最初に私が思い切り踏んづけてしまったことが由来だ。ちょっとどんくさくて他のスイカツラの仲間には入れないけれど、めげずに強くなってほしい。そんな気持ちを玄湖と共に込めた。

私は縁側で約束通り玄湖の髪の毛を梳かしていた。

玄湖の髪を梳かすのも随分慣れた。赤茶色の髪の毛に日差しが当たると艶々の飴色にも見えて綺麗だ。

「はい、終わりですよ、玄湖さん」

「ありがとうございます。小春さんにやってもらうのは心地いいし、見た目も綺麗になってお重たちにも怒られないから、いいこと尽くめですよ」

「そうですか？　さてと、次は麦の番ね。おいで」

「きゅうん」

そう言うと麦が膝の上によじ登ってくる。

狐面を付け直した玄湖が驚いた声を上げる。

「えっ、麦にもやるんですか？」

「そりゃあ麦だって梳かした方が綺麗になるでしょう。あ、ちゃんと櫛は違うのを使ってますから安心してくださいね」

「そういう問題じゃ……だって私の時には交換条件が必要なのに……」

「玄湖さんは自分でも出来るじゃないですか。でも麦は出来ないでしょう。自分の体を舐めようとして毎回ひっくり返ってますよ、この子」

「そういうことじゃないんです！」

玄湖はそう言ってぷいっと顔を背けた。

何故だか拗ねているみたいだ。そんなに拗ねるようなことがあっただろうか、と私は首を傾げた。

「もう、分かりましたよ。じゃあこれから毎朝髪を梳かしてあげますから。それでいいですか？」

「……尻尾もお願いしても？」

「もう！　……尻尾は三日にいっぺんくらいなら……」

「本当ですか！　約束ですからね！」

拗ねていたはずの玄湖は、途端に大喜びして両手を上げた。赤茶色の尻尾もパタパタと揺れている。

その様子がなんだか可笑しくて、くすっと笑ってしまった。

やけに子供っぽい。玄湖は妖だし、聞いたことはないけれど、私よりずっと年上なのだろうが、まるで手のかかる弟みたいだ。

玄湖には何度も助けてもらっていたし、毎朝髪を整えてあげるだけでこんなに喜ぶなら構わない。

「ああ、嫁に来てくれたのが小春さんでよかったなぁ……」

そんなことをしみじみと言う玄湖に私は噴き出した。

「もう、調子がいいんだから」

「いえいえ本心ですよぉ。ずーっといてほしいくらいですとも」

妖(あやかし)の屋敷で暮らすだなんて不思議な生活なのに、毎日がひどく穏やかだ。掃除はやりがいがあるし、お重やお楽も優しくしてくれる。大嫌いな叔母夫婦がお金をせびりに来ることはなく、女学校で同級生の真新しい着物を羨(うらや)ましく思うこともない。

(そうか、これが楽しいって気持ちなのね)

私は麦の毛皮を整えながら自然と微笑んでいた。もちろん期間限定なのは忘れてはいない。けれど今の私は、玄湖と約束した三ヶ月が終わるのを、指折り数えることをしなくなっていた。

「きゅうん、きゅうん」

麦に櫛(くし)をかけ終わると、麦は縁側からぴょこんと飛び下りて私を呼ぶ。ついてこいと言っているみたいだ。

「どうしたの？　もう危ないところは行っちゃ駄目よ」

私が止めても麦はとことこと行ってしまう。見失わないように急いで追いかけた。今度は裸足ではなく、ちゃんとつっかけを履いている。

麦に導かれてやって来た庭の片隅に、見慣れない植物が生えていた。

「……こんなの生えてたかしら」

ちょうど私の腰くらいの高さに伸びて、拳より一回り小さい真っ赤な実が付いていた。葉は少しギザギザしていて、太い茎には産毛が生えている。

詳しくない私には何の植物かは分からない。そこでふと、ここが数日前、信田に貰った種を植えた場所だったと思い出した。

「まさか……数日でここまで成長したの⁉」

しかしながら屋敷の変貌ぶりを考えれば、あり得ない話ではない。いや、確実におかしいのだが、破れた障子が一晩で直るよりは、植物の成長が早過ぎる方がまだ理解の範疇というか。

「庭も屋敷の一部と考えれば、成長が異様に速いなんてこともある……かしら」

それに信田から貰った種が特別だという可能性もある。

「それにしても、この赤い実、艶々して綺麗ね。……食べられるのかしら」

「きゅーんきゅーん」

麦は赤い実を見つめて切なそうに鳴く。口元からは涎をポタポタと零していた。

「え？　欲しいの？」

試しに一つ実をもいでみる。果物にも見えるが、匂いを嗅げば青臭い。あまり美味しそうな感じはしない。

「……これ、食べるの？」

「きゅうん！」

麦の近くに置いてやれば、たちまちかぶりつく。真っ赤な汁が飛んで鼻周りを赤く染めているのにもお構いなしだ。

体の小さな麦からすればかなり大きな実だというのに、あっという間に食べ尽くしてしまった。お腹をぽっこり膨らませ、ペロリと赤く染まった鼻を舐める麦は、満足そうな顔をしている。私は苦笑して麦を抱き上げ、鼻っ面を拭いてやった。

「美味しそうに食べるわね」

「きゅうぅ」

あまりに美味しそうに食べたものだから、私も少し気になってよく熟した実を二つもいで部屋へと戻った。

「玄湖さん見てください。この間、信田さんから貰(もら)った種が育ってこんな実を付けたんですよ」

そう言って見せると、玄湖は手を伸ばして赤い実を掴み、狐面の鼻あたりに近付けた。まさか匂いを嗅いでいるのだろうか。狐面越しでは分かるとは思えないのだが。

「へえ、これは立派な赤茄子(あかなす)ですねぇ」

「茄子(なす)……？　これがですか？」

私の知っている紫色で細長い茄子(なす)とは全然違う。

「いえ、赤茄子(あかなす)ってのは昔の呼び方です。当世風の言葉だと確か、トマト……でしたかね」

「これがトマト！　それってケチャップの材料でしたよね⁉」

私は驚いてトマトの実をまじまじと見つめた。

「昔は観賞用だったそうですが、別に毒じゃないし妖(あやかし)には食べる者もいますよ。あれ、でも昨今は人もトマトを食べるようになったと聞きましたがね。小春さんって、洋食は食べないんですか」

「ええと、オムライスというのは食べたことあります。薄焼き卵にケチャップがかかっていて、それが甘酸っぱくて……」

　私は女学生時代を思い出す。オムライスは洋食を好む友人の家で一度だけご馳走になったのだった。とても不思議な味で、美味しいと思ったのだが作り方は教えてもらえなかった。それにケチャップも中々いいお値段がするので試行錯誤も出来ず、私の食べた洋食はそれっきりだ。

「でも、その……家がそれほど裕福じゃなかったもので……カフェーも一度も行ったことがありませんし……そういった外国のお野菜も詳しくなくて」

　野菜は畑のあるお静さんの家から貰うことが多かったし、下町の八百屋にはそんな珍しい野菜は滅多に売られていない。あったとしても高くて買えなかっただろう。

　言いながらなんだか恥ずかしくなってくる。妖の玄湖の方がよほど人の世に詳しいなんて。

「そうだったんですか。トマトは生でも食べられますが、青臭くて酸っぱいから私はそれほど好きじゃないですねえ。火を通した料理の方が美味しいです。でも、お重は洋食が作れないし……」

　腕を組んだ玄湖は「そうだ！」と声を上げた。

「小春さん、今度一緒に洋食を食べに行きましょう！　私もそろそろまた食べたいと思っていて」

「い、いいんですか⁉」

洋食を食べに行くのは私にとって小さな憧れだった。その憧れが叶いそうで頬が紅潮するのを感じていた。

「もちろん。小春さん、毎日掃除を頑張ってくれてますし、ご褒美ってことでどうですか？　お重やお楽も小春さんを喜ばせろって毎日せっついてきますから、一石二鳥でいい案でしょう。浅草あたりまで出れば中々いい店がありますよ。鉄道なら浅草なんてすぐ行けますしね」

自分でも現金なくらい心が浮き立つのを感じる。洋食を食べに行くというだけでなく、お重やお楽、そして何よりも玄湖が私を認めてくれていたからだ。

「でも……玄湖さんって、外に出ても大丈夫なんですか？」

「もちろん！　私だって変化の術くらい——あっ‼」

突然大きな声を出した玄湖に私は目を丸くした。

玄湖はそのまま狐の面を手で覆う。

「しまった……まだ目がないんだった！」

「……目？」

「はい、そうなんです。前に落ちてなかったか聞いたでしょう。ほら、これくらいの金色の石って」

　そう言って親指と人差し指で丸を作る。

　掃除をする時に玄湖が探していた金色の石のことだ。結局探しても見つからなかったのだが。

「……それ、私の目なんです。実は困ったことに目玉をね、落としちゃったんですよ……」

「はい⁉」

　私はすっとんきょうな声を上げた。

「め、目玉を落としたって、ど、どういうことなんですか⁉」

　私の声は完全に裏返っている。

　視線は自然と玄湖の目のあたりに向かうが、狐面で隠されていて分からない。

「どうもこうもないですよ。どこかに落として失くしてしまったとしか。かれこれ二年だか三年だか前でしたかねえ」

「ちょっと、いつ落としたかすら分からないんですか⁉」

　しかも年単位で前のこととは。のんびり屋にもほどがある。

　うーん、と玄湖は腕を組んで考え込む。

「私は昔から面倒くさがりのだらしない男ではありますが、突然何かにはまることがあるんです。長い妖(あやかし)の生ですからねえ。急に何かを始めたくなってしばらくの間はのめりこむのですが、飽きるのも突然でして。……確か人形作りにはまっていた頃のことだと思います」

面倒くさがりでだらしないというのは自覚があったらしい。

「寝食を忘れて人形作りにのめり込んだのですが、最後に作った双子の人形があまりにも出来が良過ぎて……って前にお話ししましたよね。それで首を切って仕舞い込んだのですが……そこで唐突に熱が冷めてしまいまして。その反動で長いこと眠り込んでしまい、目が覚めた時にはもう目玉がなかったんです」

困りましたね、となんでもない口調で玄湖は言う。

「そんなわけで、狐面で顔を隠しているのです。さすがに目がないと遠出も難しいし、長時間の変化(へんげ)も厳しくて……」

「いや、待ってください。目がないのにどうして普通に動いたり物を掴んだり出来るんですか！」

狐面で常に顔を隠している理由は分かった。だが玄湖は普通に生活をしているようにしか見えない。

「そりゃ、見えなくたって音も匂いも分かりますから。触れば形も分かるでしょう。このあたりは馴染み深い土地だから気を探ればそれほど困りません。でも、小春さんがどんなお顔をしているのか、まだ知らないんですよね」

はっきり言ってにわかには信じ難い。

しかし玄湖は一番最初に会った時、花嫁衣装を着ていない私を花嫁と勘違いしていた。さっきも手に取って、匂いを嗅いでからトマトだと言った。

しかし「じゃあ証拠として目がない顔を見せますよ」なんて言われたとしても、進んで見たいとは思わない。玄湖だって見せたくないから狐面で隠しているのかもしれないし。

私はうーんと考え込む。

「そういえば、玄湖さんって尻尾も元は五本って言ってませんでしたか？　目だけじゃなく、尻尾まで落としたんですか？」

玄湖のふさふさ揺れる尻尾は一本しかない。しかしこの間会った信田には黒毛の尻尾が六本あった。

「ああそっちは怖い爺に取られてしまいまして」

玄湖は一本きりの赤茶色の尻尾をへろりとさせた。

「目玉を失くしたせいでもあるんです。ほら、私はこの屋敷の主人ですけど、あの川を守護するお役目もあるわけでしてね。あの川に立ち入る者がないように、また、時折変わった物が流れ着いたりするから、それを回収したり、ですねぇ。目玉を失くしちゃったもんで、そのお役目をしばらくやらないでいたら、篠崎狐っていう怖い爺が私の尻尾を取り上げてしまって！　まったくひどいもんでしょう！」

　ひどいのだろうか。私は首を傾げた。

　お重やお楽の態度からしても、目玉の有無にかかわらず玄湖が仕事をさぼり気味だったとしか思えない。

「それならきちんと謝って、事情を話せばいいんじゃないですか？」

「まさか！　そんなこと出来っこありません！　本っ当に恐ろしいんですよあの爺！　なにせ八尾もあるんですから。伝説の九尾の狐まであと一本で到達する化け物ですよ！　正直に話してもどんな折檻をされるやら……」

　玄湖は狐面が外れそうな勢いで首を横に振る。

「それで……親族会議には篠崎の爺もくるんです。私に責任感がないのが悪いってことで、嫁を迎えて態度を改めたら尻尾を返してくれるそうです。なのでまあ、それまでの辛抱ですかね」

「ま、待ってください！　それ、嫁を迎えたらいいってものじゃないですよね。態度を改めたらって言ってるのに、肝心のそこが疎かでどうするんですか！」

仮に尻尾を返してもらえたところで、結局目玉がないなら元のままだ。

しかも嫁として紹介されるのは、花嫁のフリをした人間でしかない私。いくらお燦狐の鈴がお腹の中にあるといっても、玄湖が恐れるほど強い狐の妖を騙し切るのは難しくはないだろうか。それにもしもバレたら――そう考えると冷や汗が浮かぶ。

「そんな事情があるのに親族会議に連れ出される私の身にもなってください！」

「あはは大丈夫、大丈夫。小春さんのおかげで屋敷に力も戻りましたし、親族会議に嫁を連れて行きさえすれば、篠崎さんのこともまあなんとかなりますって」

駄目だ。玄湖は先のことを考えるのすら放棄している。なんとかならなかったら、頭から齧られてしまうのは私なのに。

いや、それ以前の問題だ。

さっきは嫁に来たのが私でよかったと言ってくれたのに、玄湖は本当はなんでもいいのだ。ハリボテの偽物の嫁だとしても、親族会議を誤魔化せるなら誰でもいい。ここで過ごすために私なりに頑張ったことも、玄湖にとってはどうでもいい無意味なことなのだ。

誰でもいいなら、それは私でなくてもいい。それにはっきりと気付いてしまった。

私はぎゅっと拳を握る。手のひらに爪が刺さって痛む。けれどそれよりもずっと胸が痛い。

「ああもうっ！　玄湖さんはどうしてそうなんですか！」

スイカツラの群れから助けてくれたりと、玄湖にも優しいところはある。しかし根本的に駄目な男だ。たとえ目が見えていても、私のことなんて見ていない。

そもそも私を助けてくれたのだって、親族会議に嫁を連れて行かなければならないから。私は逃げたお燦狐の身代わりでしかなく、私自身が玄湖から必要とされているわけじゃない。それを、頑張りを認められたなんて喜んで馬鹿みたい。なんてひどい勘違いだ。

「……どうせ私じゃなくたっていいんでしょう！」

カッとなって私はそう言い捨てた。

「な、何をそんなに怒ってるんですか。今悩んだって目玉がないものはないんだし、どうもこうもないでしょう」

私は怒っているのだろうか。心の中がぐちゃぐちゃで自分でもよく分からない。

「知りませんっ！」

私は玄湖から顔を背けて部屋から飛び出した。

私じゃなくたっていい。そんなこと最初から分かっていたはずなのに、玄湖がそう考えていると思うだけで腹立たしくて恥ずかしくて——胸がもやもやするのを堪えられなかった。玄湖の側にいたくない。そんな思いでいっぱいだった。

私がどこに逃げても、お腹の中に鈴がある限り玄湖には私の場所が分かってしまう。でも、私が本気で拒めば、玄湖は無理矢理連れ戻すことはしないだろう。その後はどうなるかは分からない。妖との約束を破った罰で殺される可能性もなくはない。だけど、玄湖はそこまでしない気がした。

——だって優しい人だから。

そう考えてかぶりを振った。まだ玄湖のことを信じたい私がいる。

玄湖に変わってほしい。でも、私では彼を変えられない。

私はあくまで身代わりでしかない偽物の花嫁なのだから。

後ろも見ずに走り、そのまま家まで帰ってしまおうと思った。けれど、私の足は門の前で止まる。

門の前にはそっくりで髪の色だけ違う少年が二人、互いを支え合うようにピッタリとくっついて立っていた。

「ねえ逃げちゃうの？」

「ねえ帰っちゃうの？」

どうもとこうもだ。

彼らは鏡のように同じ角度で首を傾げる。今気が付いたけれど、二人の首には包帯が巻かれていた。

「小春、行かないで」

「小春、ここにいて」

双子は透き通った目で私を見つめた。あまりにも綺麗過ぎる、作り物のような瞳。

「助けて」

「僕たちを」

「貴方たち……」

私は玄湖の言葉を思い出した。

長持の中に、出来が良過ぎて首を切った双子の人形が二体入っていたはずなのに、見つからないと言っていた。

目の前には、首に包帯が巻かれた髪色の違うそっくりな少年。

「……二人は、玄湖さんが作った人形なのね。人形の——付喪神」

双子はそっくり同じ角度で頷いた。

「そうだよ、小春。僕たちは空っぽの木偶の坊だったの」

「僕たちは、小春にもう一度、命を吹き込んでもらったの」

どうもとこうもが現れる時、鈴が鳴らないはずだ。

鈴もなりかけの付喪神のようなもの。同じ付喪神なら仲間だと感じるのか、それとも屋敷にあまりにも付喪神が多過ぎるからいちいち鳴らないのかもしれない。

「行かないで、小春。いなくなったら」

「僕たち、元の木偶の坊に戻ってしまう」

「私が貴方たちにもう一度命を吹き込んだ……？　どういうこと？」

私は双子に聞き返した。

「小春が箱を開けてくれたでしょう」

「僕たちあの中にずっといたの。暗ーい箱」

箱——思い出すのは作りかけの人形が入っていた長持だ。ゴミで溢れ返っていた続き間を片付けた時のことだろうか。

断言はできないけれど、私が屋敷の大掃除をしたら屋敷神に霊性を吹き込んだことになった。それと同じことが人形の付喪神にも起きたのだとすれば。

「玄湖は嫌い。僕らの首を切ったんだ」

「玄湖はひどい。僕たちは玄湖の一部だったのに」

二人はぎゅうっと固く抱き合った。

その様子は人形とは思えないほど真に迫って物悲しい。首に巻かれた包帯の白さが痛々しくて、よりいっそう憐れさを感じさせた。

「それで、私が出て行ってしまうと、貴方たちはまた動けなくなってしまうってこと?」

「……そうだよ。僕らは小春に命を吹き込まれて少しだけ動けるようになったから。でもそれは今だけなの。だからお願い。こうもだけけでも助けて」

「……でも、僕らにはもう時間がないの。首から力がどんどん出て行ってしまうから。あと少しでただの人形に戻っちゃう。だからお願い。どうもだけでも助けて」

そう言いながら互いに片割れのことを示した。

自分ではなくあくまで片割れだけでも助けてほしいと願うのだ。なんて健気な子たちなのだろう。

「……ねえ、どうやったら貴方たちを助けられるの?」

「あのね、もう一度首を繋げてほしい」

「あのね、取れないようにくっつけてほしい」

私は少し考えてから頷いた。

「分かったわ。それなら接着剤が必要よね」

亡くなった父さんは細工師だった。父さんの仕事道具はまだ家に残してある。その中には粒膠なんかの接着剤もあったはずだ。

「二人とも、私の家に行きましょう。屋敷の敷地内から出られる？」

しかし双子は首を横に振った。

「……分かんない。人形に戻っちゃうかも」

「……分かんない。歩けなくなっちゃうかも」

「その時は私が抱えてあげる。行きましょう！」

私の言葉に、双子は互いの手を握りあってコクリと頷いた。

「うん、小春と行くよ！」

双子は声を揃えて言った。

私は双子を連れ、迷わず門を開けた。

玄湖は追いかけてくるだろうか。多分私が屋敷の外に出たら、いくらなんでも分かるはずだ。

あれほど恐ろしく感じた橋をなんなく渡り、二つ目の門を開く。

風が頬を撫でた。

松の独特の匂いが鼻腔をくすぐる。ほんの数日ぶりだと言うのにひどく懐かしい。

私は右手にどうも、左手にこうもの硬質な手のひらを握る。こうして触れているとやはり人形なのが分かる。

「小春と手を繋いでいたら外も怖くないよ」

「小春と手を繋いでいたらちゃんと歩けるよ」

「うん。林の中を少し歩くから、頑張ろうね」

私は門前の細い道ではなく、松林の中を突っ切る。この方が断然早いはずだ。

しかし方向は本当に合っているだろうか。松林の中は景色の変化が乏しく目印もない。屋敷に来た時は玄湖と一緒だったが、かなり暗かったから同じ道を辿ることは出来ない。

子供の頃に松林の中を探検したわずかな記憶だけを頼りに進んだ。

どうもとこうもが躓かないように、木にぶつからないように気を配る。私の方は両手が塞がっているから、松の枝に髪の毛が絡め取られたり、肌を引っ掻かれたりしたが仕方がない。

なんだか狐の嫁入りから逃げ出した時を思い出す。玄湖に手を引かれて屋敷まで歩いたことも思い出し、胸がチリッと痛んだ。

息がすっかり切れたところで、ようやく家の裏庭に出た。

「……着いた」

家の中はシンと静まり返っている。

――本当に帰ってきたんだ。

「ここが松林の終わり？」

「ここが小春の家？」

「そうよ。よく頑張ったね」

私は二人を連れて勝手口から入る。そう長くない日数を留守にしただけで家の中が少し寒々しい気がした。それでも懐かしい我が家の匂いは変わらない。

どうもとこうもはキラキラした作り物の瞳で家の中をキョロキョロとしている。

「ちょっとだけここに座ってて。接着剤を用意するから」

二人はコクリと頷いた。手を離すのは少し心配だったが大丈夫のようだ。

しかし急いだ方がいい気がした。

私は父さんの仕事道具を置いていた部屋へ行き、粒膠（つぶにかわ）を取り出した。他にも、どうもとこうもを直す時に使えそうな道具を風呂敷に包む。

粒膠（つぶにかわ）は鍋に入れ、熱で溶かして使う。やり方は父さんの手伝いをしていたから知っていた。

火を熾（おこ）して粒膠（つぶにかわ）を温める。強火で焦（こ）がさないように、でも時間をかけ過ぎても駄目だ。そして溶けたらすぐに使わなければならない。

私は膠（にかわ）が溶けるや否（いな）や、鍋を持って双子のいる部屋まで走った。

どうもとこうもは床に横たわり、静かに目を閉じていた。

互いを握り合った手は離さない。しかし、どんなに精巧でも人形だと分かる。完全にもうただの人形になってしまっていた。ピクリとも動かず、私が触れても反応はない。冷たい肌は作り物だった。

屋敷から離れたせいか——それとも間に合わなかったのだろうか。

「だ、大丈夫……。すぐに繋げてあげるから！」

もう時間の勝負だった。

気温の高くない季節だから、膠（にかわ）はすぐに冷えて固まってしまう。

私は双子の首の包帯をほどく。

首には大きなひび割れがぐるりと一周していた。一度は完全に首と胴が泣き別れになっていたのだから無理もない。むしろこれまで包帯を巻いただけでよく保ったものだ。

首を外すのは怖いけれど、そうしなければ接着剤を塗ることが出来ない。私は大急ぎで切られた断面に膠（にかわ）を塗り、ズレがないよう慎重に首を繋げた。

「どうかくっついて……目を開けて」

私は祈るように二人の冷たい頬を撫でた。

するとお腹の中の鈴がチリリリと不思議な音を立てた。

その音は前にも聞いたことがある。私は少し考えて思い出す。

「――大掃除の時」

屋敷が妖（あやかし）だと知らない頃。私が玄湖の部屋を大掃除して、仕上げの雑巾かけをした時にも鈴は確かこんな音を立てていた。そして一晩明けたら屋敷は驚くほど変貌していたのだ。

あの時と同じであれば、効果があるかもしれない。

私は息を詰めて双子を見守った。そうして待つことしばし。

——ぴくり、と人形の指先が動いた。

人形から人の子そっくりに変貌していく。

唇が薄く開き、息をし始める。胡粉を塗られた冷たい肌に血が通っていく。閉じられていた瞼がゆっくりと開かれた。

キラキラとした作り物の目だったが、やがて目の焦点が合い始め、私の方を向く。

二人は目をパチパチと瞬かせた。

「……二人とも、私のことが分かる？」

「小春だ……」

「生きてるね」

「うん、くっついてる」

どうもとこうもは静かに身を起こした。首は、もうしっかりとくっついたのか取れそうな感じはない。

どうやら無事にくっついたらしい。

ほうっと安堵の息を吐いた。

「よ、良かった……」

「ありがとう、小春」

二人は声を揃えてそう言った。

「小春にお礼しなきゃね」

「受け取ってほしいね」

「そんなのいいわ。そんなつもりで助けたんじゃないし」

「ううん、多分欲しがるよ」

「うん、ずっと探していたものだよ」

彼らの含みのある言葉に私は首を傾げる。

くすくす、と双子は楽しげに笑い声を上げた。

何故だろう。その笑い声に背筋が寒くなる。

「小春が優しくてよかった！」

「小春が意地悪じゃなくてよかった！」

「な、何なの……」

「だって、殺さずにすんだもん！」

二人はそう声を合わせた。

ぞわっと鳥肌が立ち、無意識に距離を取る。もしかして、私はまずいことをしてしまったのではないだろうか。

「僕らね、首を切られる前、玄湖に言ったんだ」

「僕らね、どうしてこんなことするのって聞いたんだ」

「玄湖は、どうもこうもないって言ったんだよ」

「だから僕らの名前は『どうも』と『こうも』なんだよ」

「玄湖が嫌いだから！」

「言うことには全部逆らうの！」

にっこりと笑った双子の口元には鋭い牙がちらりと見える。

双子が笑えば笑うほど私の体温が下がっていくように錯覚してしまう。一歩、また一歩と双子から距離を取った。

「だから僕ら、玄湖から大事なものを奪ってやったんだ」

「そうじゃなきゃ、小春が箱を開けるまでに僕らは消えてしまっていたから」

その言葉に私はハッと顔を上げた。

「……もしかして、貴方たちが玄湖さんの目を持っているの？」

二人は顔を見合わせてからコクリと頷いた。

その唇が、三日月のような弧を描く。

彼らはいつのまにか手にしていた貝桶（かいおけ）の蓋（ふた）を開ける。玄湖の部屋から持っていった貝桶だ。

どこに隠し持っていたのだろう。さっきまで手ぶらだったはずなのに。

桶の中にきっちり収まった貝の上に、透き通った金色の石が二つ置かれていた。その石の色や大きさは、玄湖から聞いていたもので間違いない。

――玄湖の目だ。

双子は私に貝桶から取り出した玄湖の目を見せた。金色のそれはキラリと光を弾いている。

「……ここにね、ずっと隠してたんだ。玄湖には内緒だよ」

「……ここはね、玄湖が気が付かないんだ。屋敷にあるものの中でこれだけが玄湖のものじゃないから」

「だってこれ小春のだもん」

「今は僕たちのだもん」

ねー、と二人は声を合わせた。

貝桶が私のもの――それは一体どういうことだろう。玄湖の部屋にあった以上、玄湖のもののはず。貝桶は花嫁道具によく使われるから、そういう意味で私のものだと言っているのだろうか。

微笑んでいる、どうもとこうもの姿は可愛らしく、声も無邪気なのに、今はなんだか恐ろしい。どれほど愛らしい子供の姿をしていても妖（あやかし）なのだ。小さな子犬の姿をしていても鋭い牙で噛み付いてくる凶暴なスイカツラと同じく。

「これ、小春にあげる」

「これ、僕たちからのお礼」

そう言いながら金色の玄湖の目を二つとも差し出してくる。

本当に受け取って大丈夫なのだろうか。緊張でごくりと唾を呑み込んだ。

「わ、私が貰（もら）っていいの？」

「いいよ！　小春は僕たちを助けてくれたから」

「いいよ！　小春は僕たちを外に出してくれたから」

「これ、どうもの分と」

「これ、こうもの分ね」

私はおそるおそる手を伸ばし、玄湖の目を二つとも受け取った。近くで見たそれは、硝子（ガラス）か水晶のように透き通っていて、硬くひんやりしている。

そのまま手で持っているのが怖くて、手巾（ハンカチ）で包んで袂（たもと）に入れた。とにかく急いで玄湖に返さなければ。

私に目を渡した二人は、もう用が済んだとばかりにすっきりした顔で微笑む。見た目だけなら愛らしい子供でしかない。

「じゃあね！　小春」

「バイバイ！　小春」

そう言って家から出て行こうとするのを、私は慌てて引き止める。

「ちょっと待って、貴方たちはこれからどうするの？」

その問いに双子は揃ってきょとんと首を傾げた。

「うーん、どうしよ」

「うーん、どうする」

お互いに顔を見合わせていて、出て行くこと以外は何も考えていないようだった。

「ねえ、それなら一緒にお屋敷に戻りましょう」

この双子がこのままどこか遠くへ行ってしまうのはよくない気がした。なんといっても妖なのだ。街に行って無用な面倒を起こす可能性があるし、見た目は子供なので逆に事件に巻き込まれてしまう可能性だってある。

そもそも妖が人の世で暮らしていけるのかも分からない。付喪神である屋敷神も、玄湖が力を注がなかったことであれほどのオンボロ屋敷になっていた。どうもとこうもだって人形の付喪神だというのなら、屋敷同様定期的に力を注ぐ必要があるかもしれない。

どうもとこうもは、こそこそと耳打ちをし合って、何やらクスクスと笑い合っている。

「二人は玄湖さんのことが嫌なのかもしれないけど、目も返すのだし、ちゃんと仲直りしたらいいと思うの」

「えー嫌だ!!」

「戻らない!!」

玄湖の名前を出したのはまずかったのかもしれない。二人は笑みを消し去り、眉を寄せて頬を膨らませた。そのまま顔を背けて小走りに勝手口から出て行こうとする。

「……待って!」

「やだよ、待たない!」

「いいよ、行っちゃおう!」

止めようとする私の手をすり抜けて、小さな子供の姿をした妖は外へ飛び出した。まるで旋風みたいだ。

追いかけて私も外へ出たが、もう二人の姿はなかった。あたりを見回してどうもとこうもの名前を呼ぶ。しかし返事はなく、くすくす、と笑い声だけが薄暗い松林に響いているばかりだった。

「待って！　首を繋げても、ずっと外にいたら、また貴方たちが動けなくなる時がくるかもしれないから！」

「小春はさ、勘違いしてる」

「小春はさ、間違ってる」

「え……？」

「僕らが盗ったの、目だけじゃないのにね」

「僕らが盗ったの、玄湖の力の源なんだよね」

松林の奥に、どうもとこうもの姿が見えた。

駆けていく彼らの後ろ姿には髪の毛と同じ色をした尻尾がふさりと揺れている。確か、最初に会った時から生えていた。

だが、玄湖は人形に尻尾を付けただなんて、一言も言っていない。

——玄湖の力の源。怒った偉い狐に奪われたのも——尻尾。

付喪神である双子に、何故玄湖と同じ狐の尻尾が生えているの？

「どうして、貴方たちが持っているの……」

「玄湖が寝てたから盗ったの。無防備だったからさ」

「言ったでしょ、盗らなかったら消えてたのは僕らってさ」

「首はくっついたし、これがあるもんね」

「小春がいなくても、これがあるもんね」

双子の影はもう遠く、声だけがあたりにこだましている。頭の中にまで反響するようで気持ち悪い。

「だからこれは、ぜーったい、返さないよ！」

二人は声を合わせてくすくす、くすくすと笑っている。

私は頭の中にまで響く笑い声に目眩を起こして、その場にしゃがみ込んだ。


ハッと顔を上げるとあたりは薄暗くなっていた。

「やだ……今、何時だろう」

すっかり肌が冷え切っている。少しの間しゃがみ込んでいただけのつもりが随分と時間が経ってしまっていた。

「……帰らなきゃ」

無意識にそう呟いてから気が付く。

私はほんの数日過ごしただけで、生まれ育った家ではなく、玄湖の屋敷を帰る場所だと認識しているのだと。

「そっか……うん、帰ろう」

袂の中には玄湖の目がある。早く帰ってこれを渡そう。それから、どうもとこうもが玄湖の尻尾を持っていることも伝えなければ。

偽物でしかない身代わりの花嫁だとしても、私に出来ることをするのだ。

なくした目玉を取り戻し、どうもとこうもから尻尾を返してもらえたなら、きっと親族会議でも認めてもらえるはずだ。ふわふわ優しいだけの駄目な男だけれど、そうしたら少しは変わるかもしれない。そう、思いたかった。

すぐにも屋敷に帰ろうと思っていたが、私は踵を返して家の奥の間に入った。

ここは父さんの寝室だった部屋だ。父さんが母さんの骨壷を納めるために仏壇の代わりに作った棚には、今は二人の骨壷が並んでいる。

私はその前に座り、手を合わせた。

元はと言えば、私が父さんの言いつけを破り、松林に入ってしまったから今がある。

正直なところ、逃げ出してしまいたい気持ちもある。

それに、花嫁役は誰でもいいと思っている玄湖に向き合うのも胸が苦しい。

でも私が途中で放り出したら、父さんは怒るだろう。責任感が強くて真面目な人だったから、きっと最後までやり通しなさいと言うはずだ。

「……行ってきます。父さん、母さん」

私は松林に分け入り、屋敷を目指した。

だいぶ薄暗くなってきたが、慣れ親しんだ家から出発した方がまだ方向が分かりやすい。しばらく行くと、眼前に川と尾崎家を囲う土塀が見えてきた。玄湖の屋敷は大きいし、川や土塀という目印があるから見つけやすい。

あとは川に沿って歩けば橋と二つ門が現れる。

その門の前には所在なげに玄湖が立っていた。

着流しの懐(ふところ)に麦を抱えている。小さな麦は玄湖の胸元から顔だけ出して眠っていた。

「……ずっとそこで待っていたんですか?」

玄湖はゆっくり顔を上げた。狐の面が不思議と途方に暮れているように見えた。

初めて会った時からずっと付けている狐の面が私の方を向いた。しかしその面の下には目がないことを私は知っている。

私は着物の袖をぎゅっと握りしめた。

「……もう、戻ってこないかと思ってました」

玄湖はポツンとそう言った。

玄湖がそう思うのも無理はない。私は怒って飛び出したも同然だ。

「じゃあ、玄湖さんはなんでここで待っていたんですか」

「麦が小春さんを迎えに行きたがったからです」

玄湖は寝ている麦の眉間のあたりを指の腹で優しく撫でる。くすぐったいのか、もそもそと麦は身じろぎした。

私のいない間に仲良くなったらしい。

「ふぅん、麦が待ちくたびれて眠ってしまうくらい長く、ここで待っていたんですか」

「……本音を言えば、私も小春さんを迎えに行きたかった。でも、戻るのが嫌だって言われたら……そう思うと、ここから動けませんでした」

玄湖の尻尾はへにょりと力なく萎れている。狐面を付けていて表情が読めない分、尻尾は随分と分かりやすい。

「そうですね。……私も戻るかどうか少し悩みました。だって、怖いです。私はただの人間です。狐の親族会議で人間ってバレたらどうなるんだろうってずっと不安で」

――そして私じゃなくてもいいと思っている玄湖に、寄り添い続けるのも不安で。

「私も小春さんが戻ってこなかったらどうしようって……ああ、今分かりました。怖かったんですね、私も」

玄湖は赤茶色の髪の毛を照れ隠しのように掻いた。そうするとせっかく整えた髪がまたボサボサになってしまう。

「私は努力とか真面目に働くとかそういうのずーっと嫌いで。篠崎翁に嫁を取れと言われて、もう嫌で嫌で、渋々見合いをしたんです。ですがみーんな断られてしまいました。九十九回目の見合いでようやくお燦狐がうんと言ってくれまして、でも結婚目前で逃げられて……」

「それじゃ、私で百人目ってことですか⁉」

まさか百人もだなんて。なんだか可笑しくて笑いが込み上げる。

「はあ。後がないってのもありましたけど、小春さんだけだったんですよね。はっきりと私にああしろこうしろって言うの。髪の毛を綺麗にしろとか部屋が汚いとか……他の人はみんな、不満も嫌なことも何も言わないまま、さーっと消えちゃうのに」

「まあ、まるで私が口うるさい女みたいじゃないですか！」

玄湖は慌てたように首を横に振った。

「ち、違うんですよぉ。そうやって意見したり、頼んだりって面倒じゃないですか。そんな義理もないのに、やらない相手に頼み続けるのって無駄に疲れてしまうでしょう。でも、小春さんはずっとそうしてくれていた」

「お重さんとお楽さんも、頼んでましたよ」

「重婆たちはもう身内みたいなものだし……でも、小春さんはそうじゃない外の人で、三ヶ月の期限だってある。なのに私に怒ってくれてたんだって、ここで待ちながら考えていました。……小春さんはすごいなって。だから私、小春さんに屋敷にいてほしいです。私はこんなだから……」

「……私、これからも怒りますし、口うるさいですよ。それでもいいんですか？」

「はい。私は小春さんがいいんです。今は力のない身ですが、親族会議でもちゃんと守ります。もしバレても、全て私の責任として小春さんだけはなんとしてでも家に帰します。絶対にです！　まあ、私は普段がこうですから……その、信じてもらえないかもしれませんが……」

へにょへにょと語尾が消えていく玄湖。

可笑しくて可笑しくて、私はつい声を上げて笑った。胸の中が熱くて、それを誤魔化すくらい大きな声で。

「本当ですね？　今、私は信じたい気分なんです。だから、ちゃんと約束してくれませんか？」

　私は小指を差し出した。

「まず、私は玄湖さんにこれからも口うるさく言います。でも、私が言ったことを全部守らなくても別にいいです」

「それでいいんですか⁉　何を言っても暖簾に腕押しで言うこと聞かないかもしれないのに？」

「はい。だって私が言ったことを全部守れだなんて、それじゃ命令になってしまうじゃないですか。ただ、少しでもいいから言われた意味を考えてほしいです」

「は、はい。それは……約束します」

　玄湖はそう言いながら私の小指に小指を絡めた。

　玄湖はひょろっとしているようで、こうして指を比べれば私よりずっと大きな男の人の手をしている。

「それから、私のことちゃーんと守ってくださいね。そのために、これからは今より少しだけ努力してください」

「分かりました」

狐の面がコックリと頷く。

「私も玄湖さんの不利にならないよう、お嫁さんのフリを頑張りますから。そうですね、口調も少しだけ改めてみません？　いきなりはちょっと恥ずかしいけど、私たち、夫婦なんだもの」

「えっ……！　は、はい……いや、わ、分かったよ。小春さんがそれでいいなら……」

私はそのしどろもどろな返答に微笑んだ。

「約束ですよ。指切りげんまん、嘘ついたら……あ、考えてなかった……」

針千本を飲ませるのは少し可哀想だし。

小指を絡めたまま、私はちょっと考える。

答えが出る前に玄湖が言った。

「……じゃあ、こうしよう。私は小春さんを裏切らない。でも、もしそんなことがあれば、その時は私の最後の尻尾（しっぽ）を差し出す。これを失ったら私は人の形も取れず、人の言葉も話せません。妖（あやかし）としての最後の力を失い、山野を駆ける獣になります」

「そんな！　さすがにそこまでは望んでません！」

「だからだよ。そうならないように、指切りげんまん、でしょう？」

そうして私たちは小指を切った。

「……分かりました。じゃあ、私からも」

――その気持ちに応えたい。

私は袂から、どうもとこうもから貰った玄湖の目を取り出した。包んでいた手巾を開く。薄暗くてもはっきりと分かる金色の目。

「玄湖さんの目です。これは、かつて玄湖さんが作って、処分しようとした双子人形の付喪神から貰ったの」

「わ、私の目……？」

「受け取って。それと、出来れば……次にどうもとこうもに会った時、謝ってあげてほしい」

あの子たちはとても傷付いていた。

確かにちょっと言うことを聞かないところがあったかもしれない。私もうっすらと怖いと思った。

でも彼らは自分の生みの親でもある玄湖から処分されそうになったのだ。それを恨むことは当然だ。自分たちが消えないように玄湖の目や尻尾を奪ったことを、私は一方的に非難したくなかった。

かといって、話し合いや謝罪をしただけで全てなかったことになるとも思っていない。それでも玄湖には、彼らに一度謝ってほしいと思った。それは私のただの感傷なのかもしれないが。

最後に私は、玄湖の尻尾(しっぽ)を彼らが持っていたことも伝える。

「……そうだったのか。いや、確かにね、いくら怖い篠崎翁(おう)とはいえ、私の尻尾(しっぽ)を四本も持っていくのは少しやり過ぎだとは思ってたんだよ。おかげで、今はなんの力も使えない。小春さんの親戚をちょいと騙(だま)すのが精一杯さ。心を改めて屋敷の管理をしようにも、それをする力がないんだから」

玄湖は納得したように頷く。

「まあ、あの子らが持ってるって分かったんだし、とりあえずはそれでいいよ。元は私が作った人形だから、私の一部みたいなものだしね。今はとにかく親族会議で篠崎翁(おう)に認めてもらって尻尾(しっぽ)を二本返してもらう。そうしたら力も半分以上戻るし、最悪、それからでも遅くない」

玄湖は相変わらず呑気(のんき)にそう言った。

相手を怒らないのは彼の長所でもあるのだろう。

私は玄湖のそういうところが嫌いではなかった。

「さてと、目を付けないとねえ」

玄湖は言った。

手の中にある彼の目は、大きさはともかく金色に透き通った石にしか見えない。白目もないし、私の想像する眼球とは大違いだ。

「それ、本当に目なんですよね。……私何度も手で触っちゃいましたけど」

「ああ、それくらい別に大丈夫さ。それより、小春さんは後ろを向いていてくれるかい？」

「見ない方がいいの？」

「うーん、いや見たからって何も悪いことはないよ。でも目を付けるところなんて普通は見たくないんじゃないかと思って」

確かに穴が空いていたら怖いかもしれない。それでも少しの好奇心がある。妖のことも全然分からないのだから、どんなことでも知っておきたい気持ちもあった。

「……怖くなったら目を閉じるから、見ていてもいいでしょうか」

「小春さんって、物好きだねえ」

そう言いながらも、玄湖も特に気にしていないようだ。

「ああ、それなら、この狐面を外してくれないかい？　片手が塞がっているから紐を外しにくいんだ」

「はい、いいですよ」

玄湖が紐をほどきやすいよう少し屈んでくれる。私は玄湖の背中側に周り、後頭部で硬く結ばれた紐に手を伸ばした。

紐に髪の毛が絡んであちらこちらを向いている。また後で髪の毛を整えてあげよう。そう思いながら紐をほどき、狐面を外した。

少しドキドキするのは緊張だろうか。それとも好奇心のせいだろうか。

「ああ、スッキリした」

玄湖は大きく伸びをして首を左右に曲げた。

「そうでしょうね」

手にした面はそこそこの重みがある。付けっぱなしでは肩も凝りそうだ。

一呼吸してから、私は玄湖の顔に視線を送った。

「……ほ、本当に目がない……」

ぽっかりと穴があいている顔を想像していたが、実際は本来眼窩のある部分にはつるりとした肌があるだけだ。眉毛も瞼もない。さながら鼻と口だけがあるのっぺらぼうみたいだった。

しかし貉のお楽に最初に会った時、のっぺらぼうの顔を見せられたので、その時の衝撃に比べれば驚きは少ないい。

「だから、ないって言ったでしょう」

「瞼もないとは思わなかったの。それで目をはめ込んで何とかなるんですか？」

「……あの、怖くはないのかい？」

「ええ、平気。あの……ちょっと触ってみてもいいかしら？」

「別に構わないよ。この通り、何もないからさ」

私はおそるおそる手を伸ばして、玄湖の目のあたりに触れる。そこには、本当につるりとした肌があるだけだった。温かくて確かに血が通っているのを感じる。

「瞼もないのにどこに目を入れるの？」

「こうして、押し込むんだよ」

玄湖は両手に眼球を一つずつ持ち、そのまま目のあたりにぐっと押し当てる。

玄湖はまるで泣いているみたいに両手で目のあたりを押さえていたが、しばらくして離した。

「こんな感じかね」

先程まで何もなかった部分に眉毛や瞼（まぶた）が出来ている。

「うわぁ……」

「あたりが薄暗くて助かったよ。目が慣れるまでは少し眩（まぶ）しいもんでね」

そう言ってゆっくりと瞼（まぶた）を開いた。そこには金色の瞳があった。

白目もちゃんとある。色こそ透き通った金色だけど、人間の目となんら変わらない。

違和感があるのか、それとも馴染ませるためか、玄湖は何度か目を瞬（またた）かせている。

「ん、よしよし。問題なく見えるね」

少ししてから玄湖の目が私を向いた。

優しげな風貌だった。ぱっちりしているが少し目尻が垂れている。眉毛や睫毛（まつげ）もその赤茶色の髪の毛と同じ。思っていたよりずっと整っていて上品な顔立ちだ。薄い唇の両端が少し上がり、どことなく微笑んでいるように見えた。

「おや、小春さんは、そんな顔をしてたんだねぇ」

「そ、それはこっちの台詞（せりふ）です！」

「ははは、違いない」

玄湖は下がり気味の目尻を更に下げて笑った。

なんとも玄湖らしい顔だ。

そんな風に笑うのだと、見ている私の方もいつの間にか笑っていた。

そのうちに玄湖の懐で眠っていた麦がもそもそと動き出す。どうやら目を覚ましたようだ。

眠そうに目をしょぼつかせ、口をムチャムチャと動かしている。それからくわっと大きな欠伸をした。

「おや、ようやく起きたかい」

「麦、おいで」

そう呼びかけたが、麦は玄湖の顔を見上げて口を開けたまま硬直している。

麦も玄湖の顔を見たのは初めてだからだろう。犬そっくりのスイカツラなのに匂いでは分からないものなのだろうか。

「はは、狐面をしてないから驚いてら」

そう言って撫でようとした玄湖の指に麦がかぷりと噛み付いた。

「あ痛ッ！」

麦はそのまま玄湖の懐から出て、ぴょーんと私の方に飛び付いてきた。玄湖の代わりに抱き上げる。

「麦ってば。玄湖さんよ！」

「きゅうぅ……」

「さっきまで私の懐でぐーすか寝てたくせに」

一応反省はしているようで、麦は耳を後ろに倒していた。

「まあ、驚いた小春さんに噛まれなくてよかったですよ」

「私は噛みません！」

ヘラヘラと笑う玄湖に、むしろ今噛み付いてやりたい気分だった。

「それじゃ、帰ろうか。そろそろお重の夕餉が……と、その前に」

「はい？」

「小春さん、今気が付いたけど髪の毛ボサボサになってるよ」

「あ、さっき松林を抜けた時、枝に引っ掛けたんでした」

おさげの三つ編みにしていたが、枝に引っ掛けてほどけてしまったかもしれない。

直そうかと思ったが、麦を抱っこしていて片手は塞がっている。

「私でよければやりますよ。そんなボサボサで帰ったら、お重やお楽が驚いちまうから」

「じゃあ……お願いします」

まさか玄湖が髪を結んでくれるとは。

私は玄湖に背中を向ける。

自分では見えないからどうなっているかも分からない。思いがけず玄湖の手がすいすいと動いている。人形を作るくらいだから手先が器用なのかもしれない。

「はい、出来上がり」

「あ、ありがとうございます」

片手で触れるとしっかり編み込まれている。櫛もないのに上手だ、と思った私の手に滑らかな布地が触れた。

ツルツルとした手触りのリボンだ。

「あの、これ……」

「はは、実は、ずっと小春さんにあげようと思っていたんだ。いや、なんだか恥ずかしいねえ。柄は後で確認しておくれ」

玄湖は目尻だけでなく眉も下げて笑う。

しかし布地からかなり上質のリボンなのだと察せられた。

「玄湖さん、ありがとう」

「……どういたしまして。じゃ、帰りましょう」

「はい」

尾崎家の門が開く。

「足元に気を付けてくださいね。……よければ手を」

そう言って玄湖が手を差し出してくれるので、私は遠慮なくその手を握る。

以前はあんなに怖かった橋も、玄湖の手を握っていれば怖くない。

二つ目の門を通ると、薄暗闇に包まれた尾崎の屋敷が目に入る。

ちょうど時刻も最初に屋敷を訪れた時と同じ頃合いだろう。しかし玄関先に温かな光が灯っていた。提灯だ。そしてそれを持つお重とお楽の心配そうな顔が、私たちの姿を認めてにっこりと笑顔になるのも見えた。

——温かい光。それは父さんが家の前で石油ランプを掲げて待っていた頃を思い出させる。

胸がぐっと苦しくなって、鼻の奥がツンと痛む。

「ただいま……」

私は小さな声で呟いた。

玄湖は黙って私の手を少しだけ強く握った。

四章

月日はあっという間に流れ、玄湖と約束した狐の親族会議までもう二ヶ月を切っていた。

「小春奥様ー！」

遠くから大きな声で呼びかけられた。お重の声だ。お重は若返ってから健康的な丸い頬を生き生きとさせている。今日も元気いっぱいのようだ。

「はぁーい！」

私も大きな声で返事をし、庭の掃除中だった手を止めた。掃除といっても落ち葉がちらほらと落ちていたから箒（ほうき）で軽く掃いていただけだ。

「まあ、またお掃除でしたか？」

「ほんのちょっとだけよ。それよりどうしたの」

「その……今日もトマトを分けていただいてよろしいでしょうか」

「ええ、もちろん。たくさん生（な）ってるからいくらでもどうぞ」

「ありがとうございます！」

お重はトマトのヘタを切り、手にしていたザルにいくつか盛っていく。

少し前から、こうしてお重やお楽がたまにトマトを持っていくようになったのだ。

しかし食卓にトマトが上がることはない。一度だけ試しにと、薄く切った実に軽く塩をふって食べてみた。だが、玄湖の言う通り酸味があって青臭く、そのまま食べられないほど不味くはないものの、わざわざ食べたいとは思わなかった。お重たちはトマトを収穫してどうしているのだろう。

「お重さん、そのトマトってどうするの？」

「あら、言ってませんでしたか？　旦那様には言ったんだけどねえ。旦那様のことだから小春奥様に言うの忘れちまったんでしょう」

「……ああ、そういうことね。まったく玄湖さんてば」

私は苦笑した。

当の玄湖は目が戻ったものの、生活はこれまでとほとんど変わらず、今日も続きの間で転がっているはずだ。違いがあるとすれば、本を読むようになったくらいだろうか。目がないと本が読めないからねえ、と呑気に笑っていたのを思い出す。あの調子では何か言われても右から左に抜けているのだろう。

まったく、約束をしたというのに、玄湖は玄湖のままなのだ。いっそ針千本を飲ませる方が荒療治でよかったかもしれない。

「実は、少し前までこの屋敷で働いていた箒木という者がおりまして」

「ええと確か、産休に入ったっていう掃除担当の奉公人よね」

「はい。今は奥様が掃除してくださいますけど、気働きのするいい娘でしてね。ただ、悪阻がひどいそうでして……しかしもう随分と腹が大きくなったのに、全然おさまらなくって」

「まあ……それは大変じゃないの」

「ええ、心配でお楽と交代で仕事の合間を縫って見舞いに行ってるんですよ。中々床からも起き上がれなくって、不憫でしてね……」

お重はいつもニコニコした顔を曇らせた。大振りな狸の尻尾もだらりと下がって元気がない。

「水気の多い野菜なら少しは口に出来るってんで、夏頃からずっと瓜やトマトばかり食べていたんですよ。特にトマトは酸味があっていいとかで。でももうこの頃は寒くなってきて、他所じゃ中々手に入らないものですから。こうして小春奥様が庭でトマトを作り始めたので助かりますよ。いくら妖だって長いこと食べなければ弱って死んでしまいますもの。腹にややこがいるなら尚更ですよ」

「それなら私のことは気にしないで、いくらでも持っていってちょうだい。私は食べないし……いつかトマトソースというのを作ってみたいとは思ってるけど、それでもこんなにたくさんは必要ないでしょうから」

信田に貰ったトマトの種は、種に不思議な力があったのか、それとも屋敷神の力なのか、凄まじい急成長を遂げていた。

その後も成長は止まらず、最近では小ぶりな木くらいの大きさがある。茎も太く、手ではもう折れない太さだ。その分実る数も多い。しかも花が咲き実る速度も、普通よりずっと早いのだ。結果、すごい量が生るものだから、スイカツラの麦に与えても余りある。日持ちもしないし、毎日食べてもらえるならこちらとしても捨てずに済んでありがたい。

「小春奥様……箒木にもそう伝えます。いずれややこが無事に産まれたら、きっとこの屋敷に戻ってうんと働いてくれるでしょうからね」

「……そうね」

私は曖昧に頷いた。

その頃にはもう、私は玄湖の花嫁のフリはお役御免になっているかもしれない。

それからまた数日経った。

「小春奥様……」

そうひっそりと呼ぶのはお楽だ。

「どうかした？」

私は掃除の手を止めて振り返る。

「お掃除中でしたか……」

「いいえ、玄湖さんの本を戻してただけだから構わないわ。玄湖さんったら読み終わった本を片付けないのだもの」

積み重ねているならまだいい方で、開いたまま置いていたりするのだ。それでは頁（ページ）が折れたり癖がついてしまう。

「あの……実は先程、箒木のところへ見舞いに行ってきたのです」

「ああ、今日はお楽の番だったのね」

お重とお楽は交代で箒木の見舞いに行っていると聞いていた。その際新鮮なトマトを持って行って家事を手伝っているらしい。

お重とお楽は性格や好みがまったくの真逆で、よく意見を衝突させては小突き合っているような間柄だが、箒木を心配する気持ちは合致しているようだった。

「はい、それで箒木から預かり物を……トマトのお礼を申しておりました」

「まあ、そんな気にしなくていいのに」

渡されたのは組紐だった。リボン状の平打ち紐で、赤と黒で細かな模様が編み込まれている。

「箒木は手先が器用で……床から起き上がれない手慰みに組んだ品だそうでございます。帯締めにもよろしいかと……」

「素敵な模様ね。それじゃありがたくいただくわ。箒木に会ったら喜んでいたと伝えてもらえる？」

「はい、もちろんでございます……」

私は微笑む。

お楽はいつも素敵な着物を用意してくれるだけでなく、帯留や帯締め、ハイカラな刺繍の半襟に至るまで揃えてくれる。まさによりどりみどりだ。着道楽とは程遠い生活だったが、ここに来てから毎日違う着物を選ぶ楽しさを知ってしまった。

若返ってからというもの、お楽もそれまで使っていなかった鮮やかな色味を試しているようだ。今も仕事用の地味な着物に粋な文様の半襟を付けている。さりげないお洒落だ。

「そういえば小春奥様……そのリボンも素敵な柄でございますね」

「……ありがとう。待雪草の模様なのですって。玄湖さんがくれたの」

玄湖が贈ってくれたリボンは今も私の髪を飾っている。

待雪草は水仙に似た白い下向きの花だ。リボンはそれを意匠化した柄で、上品なのに愛らしい。

「春を告げる花ですね。とてもよくお似合いです……」

お楽にそう言われ、頬が熱くなった。

その日の午後、私はお重に用意してもらったおにぎりの包みを持って屋敷の二つ門から出る。

門前でキョロキョロと首を巡らせていると、とことこと小さな足音が聞こえた。私はそちらを向いて微笑む。

赤い髪と黒い髪のそっくりな少年が、黒松の木の陰からひょっこりと顔だけ覗かせていた。

人形の付喪神、どうもとこうもだ。

「小春、出て来たよ」

「小春、また来たの」

「よかった。貴方たちに会いたいと思っていたの」

私はこの子たちが気になって、どうにも放っておけない気分になるのだ。

彼らがこの松林の中にいるのは玄湖から聞いて知った。二人で走り回っているだけで楽しいからかもしれないし、未知である人の世界を怖がっているからかもしれない。

本来付喪神は長く使われた道具がなるそうだが、双子人形はまだ新しく、また変則的な経緯で付喪神になった。だから松林より外側の世界を知らない。

彼らは仕草も言葉も人の子とそう変わらない、子供の妖なのだ。生まれたばかりの時、玄湖にひどい仕打ちをされて傷付いてしまった子。

いずれ二人から玄湖の尻尾を取り戻さなければならないのは分かっているが、力尽くではしたくなかった。だから少しずつ、歩み寄るところから始めようと思ったのである。

私は双子に持っていたおにぎりの包みを差し出した。

「付喪神もご飯って食べるのかしら。あのね、お重さんが妖もご飯を食べる必要があるって言ってたの。もしもお腹が空いていたらと思って……」

双子は目をぱちくりとして、互いの顔を見合わせている。

それから不思議そうな顔で私の手にした包みに視線を落とした。

「ご飯、食べたことない」

「ご飯、食べてみたい」

「それなら、どうぞ召し上がれ」

小さな手がおにぎりの包みにそっと伸ばされた。

「それからね、これも」

私は箒木に貰った組紐を取り出した。

「貝桶に結んでいた紐、確か千切れてしまっていたでしょう。これを使ってちょうだい」

綺麗で丈夫そうな組紐の色は赤と黒。どうもとこうもの髪の色と同じだった。一目見てこの双子を連想したのだ。

二人もそう思ったらしい。目をキラキラさせて組紐を見つめている。

「いいの……？」

「本当に……？」

「ええ、もちろん」

二人は組紐を受け取り、にっこりと微笑んだ。その顔には邪気がなく、心から嬉しいのだと伝わってくる。

「貰っちゃったね」

「二個も貰っちゃった」

双子はひそひそと内緒話をしてから私に向かって言った。

「あのね玄湖、嫌い。だから僕ら、尻尾のこと謝んないよ」

「あのね小春、好き。だから僕ら、一度だけ助けてあげるよ」

そう言い終えると、双子はまた足音を立てて松林に消えていった。

それ以降、何度呼びかけても、どうもとこうもが姿を現すことはなかった。

しかしおにぎりの包みを門前に置いておくと、しばらくしたら包みが消えている。松林から出て行ってしまったわけではないようだ。

玄湖から心配しなくて大丈夫だと言われても、双子への気持ちをそう簡単に断ち切れるはずもない。それに親族会議の日は刻一刻と近付いている。尻尾を取り戻すことを考えたら、今のままでいいはずもない。だけど性急にことを進めて双子を更に傷付けるのだけは避けたかった。

玄湖の尻尾を返してほしい気持ちもある。しかしあの双子のことが心配で、考えただけで心が沈んでいくのだった。ままならない二つの気持ちに挟まれ、意味もなく室内をうろうろとしたり、ついため息を吐いてしまう。

麦も元気のない私を心配してくれているのか、きゅんきゅんと鼻を鳴らして私の手をしきりに舐めてくれる。

「そうだ、小春さん。前に約束した浅草の洋食を食べに行かないかい？　きっといい気分転換になるだろうからさ」

玄湖ですら私に元気がないのに気が付いたのか、そう提案してくれた。

「そんな約束もしてましたね」

「よし、早速行こう。少し歩いたら書店なんかもあるんだよ」

「まさか玄湖さん、それが狙いですか？」

「はは、バレたか。私もしばらく街に行ってなかったからねえ」

玄湖はからからと笑い、誤魔化すように赤茶色の髪を掻く。

せっかく朝に整えてあげたのに、見る間にあちこち跳ねてボサボサになっていく。

私はその乱れた赤茶色の髪を軽く睨んだ。

「もう玄湖さん、出かけるなら髪の毛もきちんとしないと」

「そうだねえ。小春さんもとっときの一張羅を着て行こう。お楽に用意してもらおうか。小春さんの髪の毛は私がやるからさ、私の髪も梳かしてくれないかい？」

「まったく、しょうがないんだから」

私はその交換条件を受け入れた。

玄湖は着物にトンビコートを羽織り、私が梳かして整えた髪をちょい、といじった。普通の人間からは黒髪に見えるようにしたらしいが、私には相変わらず赤茶色の髪に見える。偽物のお金や小判を見破ったように、私は勘が鋭いのだそうだ。

私も一張羅の着物に羽織りを重ねる。玄湖が私の髪を細い三つ編みと共にリボンで結い上げ可愛らしいのに華やかに見えるようにしてくれた。すっかり良家の若奥様といった雰囲気だ。

女学生時代だってこんなに華やかな格好をしたことはなかった。家が裕福な同級生の真新しい着物やリボンを羨ましく思ったものだ。それなのに、まさか自分がこんなに綺麗な着物で出かけられるなんて。

沈んでいた気持ちがふわふわと舞い上がっていくのを感じた。

我ながら現金ではあるが、この一ヶ月、一度家に帰ったっきりどこにも出かけていない。屋敷の庭には毎日出ているし、最近では門の外までは出ることもあるがそれだけだ。久しぶりの外出に心が躍るのは致し方ない。

玄湖が珍しく気を回してくれたのだ。せっかくだから今だけは心から楽しもうと決めた。

麦は日向(ひなた)でお腹を出して寝ていたので、そのまま起こさないようにして留守番をしてもらうことにした。家にはお重やお楽がいるし、麦の好物のトマトも置いてきたので大丈夫だろう。

新鮮な気持ちで屋敷の門を出る。松林を抜けるのではなく、二人で細い小道を下っていった。

「そういえば玄湖さんって、鉄道に乗ったことがあるんでしたっけ」

「ああ、あるよ。鉄道馬車が出来た時も仰天したけどね、鉄道が出来て、まあとにかく驚いたものさ」

私が物心ついた時には、既に線路が敷かれ鉄道が走っていたので、さすがに鉄道馬車は名前くらいしか知らない。父さんだって知っているかどうか。

「あの……玄湖さんって幾つなの?」

そう問うと、玄湖はうーんと腕組みをした。

「ええと……幾つだったかなぁ……しばらく数えてなかったから忘れてしまったよ。うーんと……さすがに源平の頃は知らないかな」

「げ……源平……」

私は絶句した。

玄湖の言うそれが本当に源平合戦のことだとしたら、少なく見積もっても七百年は生きていることになる。

「あの信田さんだって私より年上だし、篠崎翁にいたっちゃ、私らから見ても爺だからねえ。あ、お燦狐は江戸の生まれだから若いよ。例外もいるけど、妖は長く生きれば生きるほど強いと言われているね」

江戸の頃の生まれですら若い。その言葉にくらっとする。

人間とは比べ物にならないその寿命に玄湖の呑気さの根本が見えた気がした。そもそも時間に対する感覚が違うのだ。私が身代わりの花嫁になる三ヶ月も彼にとっては本当に短い、瞬く間でしかないのだろう。

鉄道に乗り、途中で路面電車に乗り換え、ようやく浅草の中心部に着いた。

活気があり、驚くほど人も多い。久しぶりの人混みに目が回ってしまいそうだ。

玄湖だけが頼りとばかりにトンビコートの端をぎゅっと握る。

「それじゃまず食事にでもしようか。小春さんはどんなのが食べたい？」

「ええと……私詳しくなくて……あまり肩が凝らない店がいいのだけど……」

洋食は食べてみたいが、店構えが立派な店は中のお客さんも身なりがよさそうで少し気後れしてしまう。

「そ、そういえば……お金あるんですか」

私は声を潜めて言う。この前のように落ち葉のお金を出されるのはいくらなんでも困る。

「だーいじょうぶだって！　いくらなんでも善良な民草相手にそんなひどいことしやしないよ」

その言葉を聞いてほっと息を吐く。

「でも肩が凝らない店ねえ。それならライスカレーでも食べに行こうか」

「あ、ライスカレー、知ってます！　た、食べたことはありませんが……」

「ここから少し歩くけど、信田さんに教えてもらった店があるんだよ」

「へえ、信田さんも洋食を好まれるんですね」

玄湖にくっついてライスカレーを出すという店まで行った。店構えも庶民的だし、価格も思っていたよりずっと安い。

その分、人気もあるようで、店はかなり混んでいて活気もあった。

「……すごく不思議な香りがします」

「いい香りだねえ」

店の前に漂うのはおそらくライスカレーの香りなのだろうが、なかなか嗅いだことのない香りだ。しかし何やら空腹を掻き立ててくるため、お腹が鳴ってしまわないように下っ腹に力を込める。

「お待ちどうさま、ライスカレーですよ！」

待つことしばし、ライスカレーがテーブルの上に置かれる。

「わあ……」

その香りの強さに私はドギマギとした。

白米にドロっとした茶色の汁がかけられている。女学生時代に話に聞いたシチューと似ているだろうか。細かく切られた野菜や肉が入っているのが見えた。見た目だけで言えば地味なのに、圧倒的なその香りに無意識に唾を飲み込んでいた。

早く早くと胃袋に急かされるまま匙でライスカレーを一口掬い、口へ運ぶ。

「……美味しい！」

複雑な香りが口の中に広がり、濃厚な肉の脂や野菜の旨味と共にピリリとした辛さがある。だが辛いのに美味しい。カレーは辛くとも白米が甘いので口の中でちょうどよく混ざり合い、飲み込んだ端からまた食べたくなってしまう。

「玄湖さん、美味しいです！」

「うん、よかった」

玄湖は一口だけ食べて私の方をじっと見ていた。

その表情が驚くほど優しい。

「も、もう何見てるんですか」

「いやあ、小春さんがすごく美味しそうに食べるものだから。そうニコニコしてもらえると連れてきた甲斐があったなあ、と」

なんだか気恥ずかしくて、私は唇を尖らせた。

それでもライスカレーの美味しさには勝てない。結局唇が緩み、冷めないうちにと次の一口を頬張った。

あっという間に食べ終えて、私たちは店を後にした。混んでいても回転が早い理由が分かるというものだ。

「美味しかったですね！」

「そうですねえ。でもちょっとお腹が苦しいから、少し歩こうか」

「はい」

私たちは、満腹で少し重たくなったお腹を抱えて歩き出した。

やけに頬が熱いのはライスカレーの香辛料のせいもあるだろうが、初めての外出に興奮しているせいもあるかもしれない。

「実はね、缶に入ったカレーの素ってのがあるらしい。缶には作り方も書いてあるそうでね、それがあれば屋敷でもライスカレーが食べられると思うんだ」

「そ、それは気になります……私でも作れるでしょうか」

「洋食の教本なんかも欲しいね。お重は洋食を作る気が無さそうだから、小春さんがたまに作ってくれたら嬉しいな」

「教本も見てみたいです！　トマトがたくさんあるから、それを使ったお料理が知りたくて……」

混雑した道を私たちは熱を冷ますようにゆっくりと歩く。

不意に玄湖の肩を叩く者がいた。

「あ、やっと見つけたよ。お兄さん！　さっきの店で釣り銭忘れてったろう」

「え？」

さっきの食堂の店員さんだろうか。

玄湖がそちらを振り返る。私もそちらを向こうとしたその時、背後から口を塞がれた。

私は羽交い締めにされ、人混みに紛れるように流れに沿って引き摺られていく。

何が起こったか理解できないうちに鼻まで大きな手で覆われて上手く息が出来ない。

玄湖の背中に手を伸ばすが、みるみるうちに遠ざかっていく。

「んんーッ！」

ようやく出した声も悲鳴どころか唸りですらなく、人混みの喧騒に紛れてしまった。

よく見ると、私を攫ったのは一人ではない。複数人の背の高い男たちに囲まれていた。おそらく私の姿は周囲から見えていないのだろう。私は人混みに流されるまま、ビルディングの合間にある細い裏路地に連れ込まれた。

ドン、と押されて私の体が地面に投げ出された。受け身を取る暇もなく体の横を強かに打ち付ける。

ようやく口が解放され、きちんと呼吸が出来るようになったが、体の痛みで浅くしか息を吸えなかった。

洋装に帽子をかぶった男たちが無表情に私を見下ろしている。周りを取り囲む男たちの誰一人として見覚えはない。

お腹の中の鈴がシャンシャンと激しい音を立てている。玄湖ならこの鈴の音で私の場所が分かるはずだ。まだそれほど遠くに来ていないし、きっとすぐに見つけてくれるに違いない――

しかし、お腹の鈴が突然ピタリと音を止めてしまう。

鳴り終わったというよりも、お腹の中に手を突っ込まれ、ぎゅっと鈴を握られたような感触があった。

「あうっ……！」

（何が起こっているの――）

実際には何もされていないし、私に触れる者さえない。

けれど気持ちの悪さに目眩がした。不快感にどっと背中に冷や汗が流れていく。

私は吐き気を抑え込んで男たちを見上げた。男たちはだらりと両手を下げ棒立ちになっている。よく見ると、目の焦点が合っていないのに気が付いた。口は半開きで、だらしなく涎が垂れている者さえいる。

その様子は尋常ではない。

体が震えてしまうのは、攫われたのが怖いからだけではなかった。得体の知れない男たちが恐ろしい。

彼らは私を取り囲み、この裏路地から逃げ出せないようにしていた。それ以上は何もしてこない。

私はこの時までは、金銭目的で攫(さら)われたのだと思っていた。かつての着物よりずっと上物を着ていたし、玄湖も今日はお金持ちの若旦那といっても通用する格好をしていた。だから、たまたま目をつけられて狙われたのだろうと。しかし男たちの様子からして違う気がしてきた。

一体何をされるのか、恐ろしくて手が震え始める。その手をぎゅっと握り、玄湖の名前を心の中で呼んだ。

やがて男の一人の唇がブルブルと震え出す。

「ほ報告ほうこほほ報告報告報告ほうこくく……」

それは言葉というよりも、意思のない虫の鳴き声に似ていた。生理的な嫌悪感に肌が粟立(あわだ)つ。

「ににげにに人間ののおん女女女……」

かろうじて聞き取れたのは、報告、人間、女くらいのものだった。

まるで出来の悪い操り人形みたいだ。そしてそれはあながち間違いではない気がした。この男たちは何者かに操られ、ここにいない何者かへ報告をしているのだと。

男の首がガクリと糸が切れたように前に落ちる。

そして再度、糸でキリキリと手足を持ち上げられた操り人形みたいにギクシャクと動き始めた。

その動きは私を取り囲む他の男たちにゆっくりと伝染していく。

「こ、来ないで」

お腹の中が気持ち悪く、打ちつけた体も痛い。大きな声を出したつもりが、かすかすとした囁きにしかならなかった。

男たちの手が私の方に伸ばされる。先程と違い、捕まえるのではなく、害そうとしている手。

拳を作る者、手近な石を掴む者、手にしていたステッキの先端をこちらに向ける者と様々だったが、その目的は容易に想像がついた。

「いやっ！」

逃げようとしても体は動かない。芋虫のように這いずってわずかな距離を稼ぐが無意味だった。

（——もう、駄目ッ……）

ぎゅっと目を閉じて身を小さく縮めたその瞬間、一番手前の男がドシャッと音を立ててその場に崩れ落ちた。倒れた姿勢のままビクビクと痙攣している。その周りの男たちも立て続けに地面に伏していった。

「ひっ……な、なに……？」

何が起こったのか理解出来ず、私は呆然と目の前で痙攣する男たちを見ていた。

「こ、小春さんっ！」

聞き覚えのある声——玄湖の声がした。

「玄湖、さん……」

玄湖は息を荒くして裏路地に駆け込んでくる。

右手の人差し指と中指を立てて印を切るように動かすと、倒れている男たちがそのまま引き摺られるように移動して道を開けた。

「よかった……無事かい？　怪我は？」

「わ、分からない……気持ち、悪くて……」

お腹の中に手を入れられたような不快感はもうなかったが、とにかく気持ちが悪い。体も痛くて立てそうになかった。

「ごめんよ……目を離したりして……」

私は無言で首を横に振る。

しかし恐怖が一気に戻ってきて涙が滲んだ。

「もしかして立てないのかい？　抱き起こしてもいいかな？」

玄湖は優しい声をかけてくれる。私は声が出せず、しゃくり上げながらようやく頷いた。

「ごめんよ、小春さん……怖かったね」

そっと横向きに抱え上げられる。抱き上げられて高さがあったが怖くはなかった。玄湖は私を落っことしたりしないと分かっていた。

私は玄湖にしがみついてその温かい胸元にぎゅっと頭を押し付ける。

玄湖の心臓が激しく脈打っていた。息が荒いし額に汗をかいている。きっと走って私を探してくれたのだろうと思うと、ますます強く頭を押し付けた。

「本当によかった……こんなに走ったのは何百年ぶりだろうね」

玄湖の胸元を私の涙がしっとりと濡らしていく。ようやく私は安堵の息を吐くことが出来た。

そんな私に玄湖は優しく囁いた。

「小春さん、もう帰ろうか。そんなじゃ鉄道にも乗れやしないだろう。だから少しだけ辛抱してくれないか？　ちょいと揺れるかもしれなくってさ」

私は意味が分からなかったが、玄湖に言われるままに頷く。

「これも久しぶりなんだが……」

　バサッと羽ばたきのような音と共に、烏（からす）のような黒い翼が玄湖の背を覆（おお）っていた。

「さてさて、よいしょっと！」

　そんな場違いに呑気（のんき）な声と共に背中の翼がバサバサと羽ばたく。

　玄湖がトン、と軽く飛び跳ねたと思ったら、ふわっとした浮遊感に包まれた。そのままぐんぐんと空を飛び始める。

「……えっ、と、飛んで……」

「大丈夫だよ、小春さん。絶対に落としたりなんかしないからさ！」

　風が強まって、私は目を閉じて玄湖に強くしがみつく。

　一瞬だけ目を開けると、さっきまで歩いていた浅草の街がどんどん遠ざかって小さくなるのが見えた。

　空中飛行はあっという間だった。全身に風を浴び、バサバサと羽ばたく音を聞いているだけで恐ろしさはかけらもない。

　鉄道に乗るよりはるかに早い時間で、松林が見えてくる。

　上空から住んでいる場所を眺めるなど、当たり前だが初めての経験だった。体が元気であれば感嘆の声を上げたに違いない。しかし今は、松林に呑み込まれそうな小さな家が私の生家であること、黒々とした一面の松林に囲まれてなお、ぼんやりと輝く大きな屋敷が尾崎の屋敷であることを、かろうじて認識出来たくらいだ。

玄湖はバサバサと翼を羽ばたかせて松林の中に入っていく。目を閉じてと囁かれ、私が目をぎゅっと閉じると激しい揺れと共に衝撃があった。

「ふう、着地成功。実は飛ぶよりも着地の方が難しいんだよねえ」

玄湖はいつも通りの呑気そうな声で言った。その背中に黒い翼はもうない。

私の視線に気が付いたのか、玄湖はへらりと笑う。

「ああ、翼だけ生やすように化けたんだよ。狐は化けるのが上手だろう？　尻尾が一本でも、このくらいお手の物ってね」

「あ、あの……もう大丈夫ですから、下ろしてください」

「駄目だよ。今の小春さんの顔色は、紙みたいに真っ白なんだから。家に帰ってお楽に怪我がないか見てもらわなきゃ」

玄湖はそのまま歩き出す。

確かに歩けるか分からないほどまだ気分が悪く、打ち付けた場所が熱を持ってじくじくと痛む。

目を閉じれば意識を持っていかれそうなほどしんどかった。事実、玄湖が私を抱いたまま松林を歩き出すと、いつの間にかぼんやりしてしまっていた。ハッと我に返ったのは玄湖が突然足を止めたからだった。

「……玄湖さん？」

見上げた玄湖の表情はいつになく険しい。

そんな顔を初めて見た。

「……どうして貴方がここに」

玄湖の言葉は私へ向けたものではない。

玄湖の視線を辿ると、そこはもう屋敷の門前だった。

そしてその門前に白無垢の女が立っている。

女は綿帽子をかぶり、赤い唇を吊り上げて笑う。肌も白粉で塗られているから、唇だけがやけに赤々として見えた。

「お燦狐……今更何の用です」

お燦狐——その名は、私が松林に入り込んだその日、花嫁としてやって来た狐だ。

彼女は私が穢れを持ち込んだと激昂して去っていったはず。

「まあ、ご挨拶ですこと。妾は心を入れ替えて貴方様の花嫁として参りましたのに——旦那様」

「やめてください。こっちが引き止めるのを無視して去っていったのはそちらじゃありませんか。今更こられても迷惑なんですよ」

玄湖らしくない刺々しい言葉の数々に私は目を丸くした。

「……小春さん、こいつです。あの男たちを操って、貴方を害そうとしたんだ」

玄湖が歯を食いしばり、ギリッと音を立てるのが聞こえた。私を抱きかかえる腕にも力がこもる。

そこで私はハッと思い出す。かつて――花嫁行列に行き会った時、隠れていた私の体が勝手に動いたのだ。あれは確かお燦狐がやったことだった。同じようにあの男たちを操り、私を襲わせたということだろうか。

「それは当然でございましょう。この妾こそ旦那様の隣に立つにふさわしい。そこな人間の娘が何故妾の場所におるのかと、ただの可愛らしい悋気でございますわ」

玄湖はお燦狐の言葉にますます強く睨み付ける。垂れた目尻が吊り上がり、金色の瞳がギラッと光る。

「何が可愛い悋気だ！　小春さんをこんな目に遭わせておいて」

「く、玄湖さん……」

「おっとと……大丈夫だよ、小春さん」

玄湖は興奮し過ぎたことに気が付いたのか、冷静さを取り戻そうとするように深呼吸をする。

そして私に向けて、ちょっと微笑んでくれた。

「私にはこの通り、小春さんという花嫁がいるんでね、もう貴方なんてお呼びじゃないんですよ。邪魔しないでさっさとこの松林から出て行ってくれませんかね」

「ほほほ、そのような……まさかそれで妾が受け入れるとでもお思いに？　そもそも玄湖様の方から嫁いで来たら権能をくださるとおっしゃってくださったのでしょう。お約束は守ってくださいまし。ほうれ、この通り、屋敷にもたっぷりと力が満ちておるではありませぬか」

お燦狐は退く気など更々ないようだった。

苛立った玄湖の口調がますます尖る。

「ふん、一度は落ちぶれた屋敷を見て逃げ出したくせに。屋敷に力が満ちた途端に惜しくなったとは、なんて強欲でせせこましい女だ。尻尾が三本とは思えないその品のなさ。どうせ本数だけ多くて、権能を得ないとろくな力もないのだろうよ。はっきり言ってお断りさ！　貴方のせいで私の大切な花嫁が怪我をしているんだ。さあ、門の前からさっさと退いておくれ！」

玄湖にあれこれ言われたお燦狐も、さすがにカチンときたらしい。朱唇を噛んでキッとこちらを睨んだ。吊り上がった目が血走っている。

「そう……ならば代わりに門を開けて差し上げましょうや！」

お燦狐はくるりと背を向け、門扉をガンと蹴飛ばした。

思わぬ行動に私は目を丸くする。

玄湖も狼狽えた声を上げた。

「な、なんてことを！」

私を抱えている玄湖は、お燦狐を止めることも追い払うことも出来ないのだ。

玄湖の反応に、お燦狐は溜飲が下がったのかニヤッと笑う。

屋敷に住まう者か、招かれた者にしか開かれないはずの門がゆっくりと開いていく。

玄湖が止める間もなく、お燦狐は悠々と門をくぐった。

「く、玄湖さん、私を下ろして、あの人を止めてください！　玄湖さんだけなら追い付けるでしょう⁉」

「そんなこと出来ないよ！　小春さんを離したら今度はお燦狐に何をされるか分かったもんじゃない！」

玄湖は私を抱えたままお燦狐を追った。

二つ門に挟まれた橋を渡り、屋敷の前に辿り着く。

屋敷の玄関前にはお重とお楽が門番のように立っており、お燦狐を屋敷に通さないように通せんぼしていた。

「尾崎のお屋敷と知っての狼藉かい⁉」

「ここは……通しません……！」

襷をかけ、果敢に菜切り包丁を構えているお重と、布団叩きを構えているお楽。

しかし二人共へっぴり腰で足がガクガクと震えていた。二人の足元では麦が精一杯の威嚇をしているが、いかんせん小さ過ぎる。

二人は玄湖の顔を見て、ほっとしたように声を上げた。

「だ、旦那様！　それに奥様も！」

「よかった……お戻りに……」

「おやまあ、この妾こそが花嫁のはずだが。躾のなってない下女よなぁ」

「ふんだ！　性悪のお燦狐なんてお断りだよ！　うちにゃ、小春奥様って素晴らしい方がいらっしゃるんだ！」

「そ、そうです……おといきやがれ、です……！」

普段は不仲のお重とお楽が私を庇い、お燦狐に立ち向かってくれていた。それほど私を大切に思ってくれていることに、胸がじんわりと熱くなる。

「ふうん……そんなにいい嫁だっていうのかい？」

お燦狐はニヤッと笑う。

「しまった！」

そう玄湖が叫ぶのが聞こえた。

直後、お燦狐は長い爪で真っ直ぐ私を指さした。

「——その小春という女は妖(あやかし)ではない。ただの人間の小娘であろう。それでもかい？　まさかこの屋敷の下女共まで主人らに謀(たばか)られておるとは……哀れよなあ」

ほほほ、とお燦狐は甲高い声で勝ち誇ったように笑う。

「小春奥様……が……？」

「そんな……」

お重とお楽が呆然と呟くのが、私の耳に届いた。

「嘘っぱちだ！　小春奥様が人間だなんて！」

「そ、そうです……わずかではありますが、確かに妖気もございます！」

「まあまあ、まだ信じると言うの。ほほほ、ずっと騙(だま)されて可哀想にねえ……。それじゃあ、その娘がただの人間ってことを教えてあげようではないの。……そして、妾(わらわ)

のものを全て返してもらおうぞ」

お燦狐が私へ向けた指をくいっと曲げた。

その途端、私のお腹が苦しくなる。さっきも感じた、お腹の中に手を突っ込まれたような気持ち悪さに悲鳴を上げた。

「うっ、あっ、あああっ……！」

「小春さん！」

違いがあるとすれば、お腹の中が異様に熱く、何かがだんだんとせり上がってくることだ。

私は熱さと気持ち悪さに身を捩る。その間にも、お腹の中の熱は胃の腑から更に上、喉元までせり上がり、とうとう口から勢いよくまろび出た。

コロン、と地面に落ちたのは鈴だった。地面に落ちて微かな音を鳴らす。

それは、かつて私が玄湖に口移しで飲み込まされたもの。

私が人間であると玄湖以外の妖にバレないよう誤魔化すための、お燦狐の妖気が染み込んだ鈴だった。

鈴を吐き出したせいか、お腹の中の熱が消え失せ、今度は寒気が全身を覆っていく。

それもただの寒気ではない。血の気が引き、くらくらして視界が暗くなってきた。

「ほうらこの通り」

鈴はコロン、コロンと転がってお燦狐の足元まで行く。彼女はそれを拾い上げ、目の前に掲げた。

「うむ、いい具合に尾崎の妖気が入り込んでいること……確かに鈴は返してもらうからねえ。さあ、ご覧。この娘はただの人間だ。主人と共にお前たちを謀っていたのだよ！」

お重とお楽は真っ青な顔で私を凝視している。その眉根は寄せられ、信じられないものを見るような目で私を見ていた。――そこにかつての温かい光はない。

「小春さん……！」

ひどく寒くてガタガタと震える。

私を抱える玄湖の温かな腕に縋るが、全身が冷えていくのを止めることは出来ない。

「しっかりしておくれ、小春さん！」

何度も私の名前を呼ぶ玄湖の声が聞こえた。それが、徐々に遠ざかる。

私の意識は泡のように弾けて消えた。

――小春、小春、と誰かが呼ぶ声が聞こえる。

懐かしいその声は亡くなった父さんの声に似ている気がした。

——小春、だからあれだけ言ったのに。

——松林の奥には行ってはいけないと、あれだけ！

ごめんなさい。ごめんなさい。ごめんなさい！

泣きながら父さんに縋ろうとするが、父さんは私を置いて行ってしまう。どれだけ走っても追いつけない——

「……ごめ……なさ……っ」

「きゅうん……」

ハッと目が覚めた。どうやら夢だったらしい。

枕元に麦がいて、私の頬をぺろりと舐めた。

体がひどく痛む。やっとのことで起き上がると目の前が揺れ、思わず両手を突いた。

それでもぐるぐると世界が回っている。

「ここは……」

短い間にすっかり馴染んだ屋敷の自分の部屋だった。気絶した後、ここに寝かされたらしい。枕元の麦が心配そうに自分を見上げてくる。

やけに熱っぽく感じて額に触れてみると、かなり熱い。

立ち上がるにも目眩がひどくて、諦めてまた横になった。枕の横に濡らした手拭いが落ちている。それで額を冷やしたかったが、拾い上げる力もなくそのままにした。心配そうに鳴く麦を撫でてやることも出来ない。

目を閉じたらまた気絶してしまいそうだが、熱で朦朧とした頭ではろくに考えられない。もう目を閉じようか、そう思った時、襖の開く音がした。

なんとか目線だけそちらへ動かす。

すると、桶を抱えてこちらを見ていたお楽と、ぱちりと目が合う。

「あ……」

そうだった。思い出した。

お燦狐によって、私がただの人間であり、ずっとお重とお楽を騙していたことをバラされてしまったのだ。

「ごめんなさい……」

吐息のような微かな声しか出ない。

しかしお楽にはそれが聞こえたのか、一瞬、手を震わせた後、静かに部屋へ入ってくる。

「小春奥様……目が覚めましたか。湯冷ましを口にした方がよろしいですよ」

お楽は私が上体を起こすのを手伝ってくれる。そして落ちていた濡れ手拭いを拾い上げ、桶(おけ)に入れた。

お楽に背を支えられたまま水差しから湯冷ましを飲む。

「ごめんなさい……」

今度は、もう少しだけましな声が出た。

「小春奥様……今は横になっていてください……ひどい熱なのですよ」

お楽は私を横たえて、濡らした手拭いを絞って額(ひたい)にのせてくれる。冷たくて気持ちよかった。

そのままうつらうつらとしていたらしい。時折お楽が額(ひたい)の手拭いを替えてくれるのが分かった。

もしかすると結構な時間が経っていたのかもしれない。

再び目を開けると、左右からお楽とお重が私の顔を覗き込んでいた。障子から日差しが入っていないことから、すでに夜になっているようだ。

「あ……」

「小春奥様、まだ熱が下がっておりません。どうか、そのまま……」

慌てて起き上がろうとしたが、お楽に止められた。

私は泣きたい気持ちで謝罪の言葉を口にする。

「あの……ごめんなさい……ずっと黙っていて」

「ええ、あたしらも旦那様から経緯は聞きました。そりゃ、旦那様も小春奥様もあたしらに内緒にしてたってのは、少し落胆はしましたけど」

「……お重。そのような……今言うことではありません」

お楽はお重を止めようとした。けれどお重はぶんぶんと首を横に振る。

「いいや、言わせてもらうよ！　少なくともあたしは、本当のことを話してくれないほど信用されてないのかって悲しかったさ。お楽だって気落ちしてたじゃないか」

「……それは、そうですが……」

「でもね、元はと言えば旦那様が悪い。嫁いでくるって日に逃げ出したお燦狐もね。そんなの小春奥様のせいだなんて言えやしません。しかも旦那様が迂闊なせいで小春奥様だけがこんなにも傷付いて……」

お重は言葉を詰まらせながら、目元をごしごしと勢いよく拭う。

そんなお重の背を摩り、お楽はゆっくりと口を開いた。

「……もう少し元気になってからお伝えするつもりだったのですが……私たちは小春奥様の味方となると決めました」

「そうさ。旦那様の味方じゃない。ましてやお燦狐なんてとんでもないさ。あたしらは小春奥様の味方だよ」

「お楽……お重……」

　二人の言葉に私の目にじわっと涙が浮かび、鼻の奥がツンとした。

「だってねえ、来たくて来たわけじゃないのに、腐った態度も取らないし。それに毎日まめに掃除して、屋敷神に力を与えてくれてたのをずっと見てきたんですから。おかげで、あたしらもこうして活力が漲ってるわけですし」

「はい、旦那様が毎日風呂へ浸かり、髪を整えるだなんて、今まであり得たことではございません……。下帯を何日も溜め込んだことだって……ああおぞましや」

「お楽は綺麗好きだからねえ」

　お重は赤い目元のまま大笑いし、お楽も恥ずかしそうに頷いた。

「旦那様を変えたのは他でもない、小春奥様なのですから」

「そうそう。もうあたしらは知ってしまったし、こうなりゃ一緒になんとか周囲を誤魔化して、無事にお狐様の会議を終わらせましょう」

「この楽も……出来るだけ、協力いたしましょう」

「……ありがとう」

お重がお楽と共に頷き合う。

「ともあれ、今は力を取り戻さにゃなりませんよ。粥を煮てきますが召し上がれそうですか？」

「汗をかいたでしょう。着替えもいたしましょう。体を拭いた方がいいかもしれません……」

「うん、ありがとう……お重、お楽」

私がそう言うと、割り込むように麦が私の胸元に乗っかる。

「きゅうん！」

「そうね、麦もありがとう」

私は麦の毛並みを撫で、それから蛇の尻尾部分を指でくすぐった。

「粥だけでなく薬も用意したかったけどさ、小春奥様にゃ効くか分かんなかったからねえ」

「いえ、美味しいお粥をありがとう」

お重が作ってくれたお粥はなんだか懐かしい味がした。

ずっと昔、風邪を引いた私に父さんが作ってくれたのを思い出す。米の優しい甘さがする。

ほんの数口しか食べられなかったが、それでも少しずつ体調が回復してきている気が体に染み渡るようだ。

「……あの、玄湖さんは」

ついそう尋ねてしまうのは、目覚めてから一度も玄湖が顔を出さないからだ。いつもいる続きの間にも気配がない。

私の問いに、お重とお楽が困った顔をした。

「……実は今、篠崎様と信田様がいらしてるんですよ。まったく、こんな時にねえ」

「お燦狐のこととは別件のようですが……元々お燦狐はお狐様方の会議にも呼ばれてませんし、おそらくお二方には、まだ小春奥様の件は……」

そう言葉を濁すお楽に私は頷いた。

私がただの人間であることはバレていない。

「それで、今は旦那様がお相手しています。小春奥様は伏せっていると、伝えておりますから、このまま横になっていてくださいな」

「ええ、まだ熱もありますし……」

「――いいえ、挨拶だけでもした方がいいんじゃないかしら」

私はそう言った。

約束もなく彼らが訪ねて来た理由は、おそらく玄湖への抜き打ち検査のようなものかもしれない。玄湖がすぐに心を入れ替え真面目にお役目を果たすとは、他の狐も思っていないのだろう。

「……確かにねえ……旦那様だもんね。あたしらだって、小春奥様がいらしてからの変わりっぷりを見てなかったら信じられやしませんよ！」

そんなお重に、お楽もうんうんと頷く。

そうか、玄湖は約束をしてからもあまり変わっていないと思っていたけれど、そんなことはなかったのだ。

なんだか胸の奥が熱とは違う温かさで満たされていく気がした。

かつての玄湖が本当にひどかったのは間違いない。最初に出会った時の箒でもかぶったようなボサボサ頭を思い出して苦笑した。

もしかしたら、お客人たちは花嫁がとっくに逃げてしまっているかも、と危ぶんで来たのかもしれない。そんな意図で来訪したのに、今日に限って花嫁が伏せっているだなんて信じてくれるだろうか。

ここで顔だけでも出しておいた方が、本番の親族会議でも少しは油断してくれるかもしれない。

「でも、今の奥様じゃあ……」

お重は困ったように言い、お楽も重々しく頷く。

鈴があった時は、信田相手に半妖だと誤魔化すことが出来た。だが、お燦狐の鈴を取り出されてしまった今、さすがに妖気を誤魔化すのは無理だ。

私はしばらく思案してから提案した。

「お重とお楽に左右から支えてもらったらどうかしら。顔を合わせるのもほんの一瞬だけにして。……正直なところ、まだ一人で歩けそうにないのもあるんだけど……」

「そりゃ密着してたら、わざわざ妖気の反応を読み取ろうなんてしないかもしれないけどさ」

「お客様は紳士の方々です。いくら寝巻きではないとはいえ、伏せっていたご婦人を、そうまじまじと見ないのではありませんか……？」

「確かに……うちの旦那様ならいざ知らず、信田様と篠崎様だもんねえ」

お重とお楽もおずおずと頷く。

「体調が良くないからと部屋には入らず、襖を開けてそこで挨拶だけ……そうしたら距離も取れるわ。それから――」

私は枕元にいる麦を手のひらに乗せた。

「麦を使うのはどうかしら。この子はすごく小さいし、懐に忍ばせておけると思うの」

麦は分かっているのかいないのか、きょとんと首を傾げている。

お楽は麦をじっと見つめた。

「スイカツラを使うのですね……一瞬であれば、妖気があることくらいしか分からないでしょう……」

「本当にやるのかい」

私はお重に頷いた。

「やります。お楽、悪いけど、人前に出られるような着物を選んでくれるかしら」

「はい……かしこまりました。体もお拭きしましょう」

「うーん、そんならあたしは、お客人にとっておきの強い酒を出しておこうかね！酒精が頭を鈍らせてくれるかもしれないよ」

私たちは頷き合った。

お楽に着替えさせてもらい、麦を懐に押し込んだ。上から肩掛けを羽織り、不自然な膨らみを見えないようにする。

「ちょっと苦しいかもしれないけど、少しだけ大人しくしててくれる？」

「きゅん！」

麦もこちらの言葉を理解したのか、いつになくはりきった鳴き声を上げた。

「さ、小春奥様、立てますか？」

「ええ。ありがとう……」

お重とお楽に手を貸してもらって立ち上がる。熱のせいか、少しフラフラしてしまうが、左右からしっかりと支えてもらっているので転ぶ心配はない。

そのまま私たちは客間の手前までやって来た。中からは信田の笑い声や、聞き覚えのない男の声がしている。

「では、私が……」

お楽は小声でそう言って、私を支えたまま襖越しに声をかけた。

「失礼いたします……小春奥様がお客様方にご挨拶をしたいとのことでございます」

歓談の声がぴたりとやみ、脱兎のような足音が聞こえた。逃げ出したのではなく、その逆だ。飛びつくように襖を開けたのは玄湖だった。

垂れ気味の目をまん丸にしている。

「小春さん！　まだ熱があるんじゃ!?」

「はい。まだ体調が良くありませんが、大切なお客様がいらしていると伺いまして、是非ご挨拶だけでもと」

玄湖の肩越しに、以前見た粋な男前の信田と、もう一人男性がいた。おそらくは彼が篠崎翁なのだろう。

しかし玄湖がたびたび爺と呼ぶような年には到底見えない。髪の色が青みがかった紺鼠色をしているから、見た目で年頃を推測しにくいがせいぜい三十路前後にしか見えない。もちろん妖だから外見と年齢はあまり関係ないのだろうが。

パリッとした洋装を着こなし、紳士然としている。私の乱入にも驚いた顔は見せない。

「……篠崎様、お初にお目にかかります。尾崎の妻の小春と申します。それから信田様、お久しぶりでございます。少々伏せっておりまして、このようなお見苦しい格好で失礼いたします」

なんとかそれだけ言うことが出来た。

くらくらして、血の気が引いてくるのを感じる。体調が良くないのは事実だが、お客人からもそう見えることだろう。

「おう、小春さん、久しぶりだな。息災とはいかないようで残念だが。ほら、篠崎さん。玄湖にちゃーんと嫁が来ていたろう？」

「ああ。私は篠崎だ。ふむ、随分と顔色が悪いようだね」

篠崎は静かな声で言う。私をじっと見つめているらしいのが視線で分かる。見破られやしないかと、ドキンと心臓が跳ねる。平静を装って目を伏せた。いや、もう目眩がひどく、それ以外出来なかったのだが。

「本当に体調が悪いんですってば。何度も言ったでしょう。倒れたばっかりなんだから。ほら、小春さん、熱が高いのに無理をして……もういいでしょう！　小春さんを休ませなきゃ」

玄湖は心配そうにさっと私の肩に触れて支えてくれる。お重とお楽に支えてもらっていても崩れ落ちてしまいそうなほど体が重かった。

「いやあ、本当に嫁を大事にしてるんだな。今だって襖を開けるの、腹を壊して厠に駆け込んだ時よりよっぽど早かったぜ」

信田がそう言ってケラケラと笑うが、篠崎はくすりともしない。

信田はそんな篠崎に軽く肩をすくめた。

「小春さん、まさかここまで歩いて来たのかい？　ああもう、フラフラじゃないか。私が運ぶからね！」

玄湖は私の体を抱き寄せたかと思うと、ひょいっと、横抱きにする。

それを見て、信田がひゅうっと口笛を吹いた。

「篠崎さん、信田さん、ちょいと席を外しますよ！　お重、酒のお代わりだけ用意しといてくれ」

「は、はい」

「玄湖にしちゃ、いい嫁さんを貰ったと思ったが、大事にしてるじゃないか。ねえ篠崎さん」

篠崎は信田の冷やかしにも反応しない。やはり疑われているのかもしれない。しかし私にはもうこれ以上のことは出来ない。

玄湖は私を抱きかかえながら、廊下を大股で歩き出した。

「……もういいよ。しんどいのに無理しないでおくれ。篠崎さんたちには私から言っておくからさ。……小春さんにこれ以上辛い思いをさせたくないんだよ」

玄湖の眉は下がり、大股で歩きながらも極力揺らさないようにしてくれているのが伝わってくる。

私は玄湖に身を任せて目を閉じた。

「玄湖のやつ、嫁さんに首ったけみたいでさ。この屋敷も前に来た時は、力を無くして荒れ果ててたのに、今は随分と——」

信田の大きな声はよく響き、廊下からでもはっきりと聞こえた。しかしすぐに離れてしまったから、篠崎がどう答えたのかは分からず仕舞いだった。

玄湖に運ばれて、布団にとんぼ返りする。

「ほら、横になって。帯……は、お楽に緩めてもらおう。これを額にのせたらいいのかね」

玄湖はわたわたとしながら、まだびちゃびちゃのままの手拭いを私の額にのせた。

「はあ……旦那様……小春奥様が濡れてしまいます」

手拭いはお楽の手で絞り直され、再度私の額を冷やしてくれた。

「旦那様、私は桶の水を替えてまいりますから……その間だけ小春奥様をお願いいたします」

「え、待っておくれ。何すりゃいいんだ！」

玄湖はその場でおろおろとしている。看病などしたことがないらしい。

「わ、私に出来ることは何かないかい？」

「あの、胸元に……」

まだ麦が懐に入ったままなのを思い出してそう告げる。

「む、胸元って……そんな」

玄湖は首まで真っ赤になって両手をばたばたと動かした。何やら勘違いしている。

麦が入っているのだと言い直そうとしたところで、胸元の麦がもそもそと動き出した。

「え、ええっ⁉」

慌てた玄湖の顔面に、ぴょーんと胸元から飛び出した麦が貼り付いた。

「あ、ごめんなさい。苦しかったのね」

「……なんだ、麦か……」

「きゅうん」

玄湖は顔から引き剥(は)がした麦の首根っこをつまんで半目になっている。

「……ってことは、まさか麦ってば小春さんの胸元に……⁉」

「はい。お燦狐の鈴の代わりに入れておいたのですが……どうでしたか。……篠崎様に怪しまれてなかったでしょうか」

「うーん、ちょいと戻って篠崎さんの様子を見てくるよ。信田さんの方は問題なさそうだったね」

玄湖は私に布団をかけ直して、ポンポンと叩いた。

「でもね、小春さん。私は小春さんの体の方が心配だよ。熱が下がるまで、もう大人しくしておいてくれないか。心臓がいくつあっても保たないよ。いや、狐だって心臓は一つなんだがね。いっそ尻尾のように心臓が増えてほしいくらいさ」

「ごめんなさい……結局迷惑をかけてしまって」

「いいや、ちっとも迷惑なんかじゃないさ。ただ、私の尻尾が返ってきても、小春さんが無事じゃなかったら意味がないって、それだけは覚えていておくれよ。……ちゃんと家へ帰すって、約束しただろう？」

「はい……」

玄湖は優しく微笑んで、私の小指に己の小指を絡めた。

頬がやけに熱いのは、そして心臓の鼓動がやけに速い気がするのは熱のせいだろうか。……きっとそうに違いない。

玄湖は戻って来たお楽と交替して客間へ戻っていった。

私の熱が下がったのは、それから数日後のことだった。

食欲も戻り、この数日で少し痩せてしまった分はすぐに元通りになりそうで残念だ。

「今日くらいからもうお掃除出来るかしら……」

「まあ小春奥様、あと一日くらいゆっくりなさいませ！」

「そうです……またぶり返しては大変ですから」

お重とお楽は随分と過保護だ。

しかしもっと過保護なのが玄湖だった。

「小春さんてば、こんな時くらいもっとぐうたらすればいいのにさ。屋敷神のことは心配ないよ。久しぶりに私が手入れしてみたけど、多分上手くいっているはずだから。まあ今の私でもなんとかなるのは、普段小春さんがしっかり屋敷神の面倒をみてくれているおかげだけどね」

「……まさか旦那様がねえ」

「ええ、真夏に雪が降るよりあり得ないと思ってましたのに……」

「まったくもう！　たまに仕事すりゃこれなんだから」

お重とお楽の言いように玄湖は苦々しく笑う。

「でも、まあ、無理はしないでおくれって言っただろう。それに篠崎さんたちのことも気になるんじゃないかい？」

「はい……」

篠崎たちは屋敷に一泊し、私が寝込んでいる間に帰宅していた。

彼らが帰る際にも挨拶をしたかったが、まったく熱が下がらず玄湖に止められたのだ。

「……とりあえず、篠崎翁はなーんにも言ってなかったよ。元々信田さんは小春さんを疑ってなかったし。信田さんって……その、少し鈍いからねえ。いや、実力はかなりのものさ。ただ細かいことはどうでもいい性質でねえ……」

「信田様も、まさか旦那様にそう言われるとは思ってもないでしょうよ」

「なんだい、もう。混ぜっ返さないでおくれ！」

お重にやり込められて玄湖は頭を掻いた。

「で、篠崎の爺は、強いし聡いし、いくら私でも敵に回したくはないねえ。現に尻尾を取られてるしさ」

玄湖は一本しかない尻尾を撫でる。

「冗談めかして、持ってった二本の尻尾を返してくださいよと言ってみたんだ。二本じゃなくて四本だろうと訂正されなかったことからしても、やはり篠崎翁が取った尻尾は二本で、どうもとこうもが残りの二本を持っていったので間違いなさそうだ」

「そうですか……」

「そんなの、ふん捕まえて拳骨でもしてやったらいいんですよ！」

「まあ、まったくお重ったら本当に短慮で……。それで済まないから困っているのでしょうに」

玄湖は困り顔で頷く。

「ああ、そうだね。今の私に尻尾が一本しかない以上、二対一で不利だしさ。それに、そんな荒っぽいことは小春さんも望まないだろう？」

「はい……多分、悪い子たちではないと思いますし、乱暴にしたら余計意固地になるだけだと……」

「ただね、小春さんを親族会議に連れて行くにはどうもかこうも、どちらかの尻尾が必要じゃないかと思うのさ」

私は首を傾げた。

「元が私の尻尾なら、一時的に小春さんにくっつけさせたりも出来るはずさ。尻尾さえあれば、お燦狐の鈴みたいに小春さんに妖のフリをさせられるって寸法だ」

「ですが、今でも非協力的な付喪神なのでしょう……」

お楽は眉を寄せ、お重は腕を組み、うーんと唸る。

「そうなんだよねえ……」

「……でも、尻尾がなければ、あの子たちは動けなくなってしまうかもしれません。

だから、そう簡単に返してもらえるとは……」

どうもとこうもは自分より相手のことを大切に思い合っていた。どちらかが動けなくなるようなことを受け入れるとは思えない。

「……それでもなんとかするしかないさ。私には、首を繋げ直すこと、それから付喪神としての力を与えること、その二つを約束するくらいしか……。まあ、それ以前に顔も合わせてくれないいんだけどね」

玄湖は困ったように頭を掻いた。

「いやあ、今更ながら、全部自分のしたことが返ってきてるんだねえ」

「ほんと、今更だよ！」

「ええまったく、今更です……」

お重とお楽の双方からピシャリと言われて玄湖はペロリと舌を出した。

「それでもさ、小春さんのことは絶対に守るからね」

「はい。……私も玄湖さんが尻尾を取り返せるよう、お嫁さんのフリを頑張りますから！」

「……フリ……かぁ……」

ぼそりと玄湖が呟いたのがよく聞き取れず、私は首を傾げる。

お重とお楽が呆れたような顔で口元を袖で覆っていた。

「……まあそれはともかく」

玄湖がゴホンと咳払いをした。

「今、心配なのはお燦狐のことだよね」

私はその名前を聞いて体を震わせた。心身を傷付けられた恐怖は未だ大きい。

玄湖が優しく肩を叩いてくれる。私も膝の上の麦をぎゅっと抱きしめて恐怖の感情をやり過ごした。

「大丈夫だから続けてください」

「……うん。元々はお燦狐が嫁いでくる予定だったことは、小春さんも知っての通りだ」

私は頷く。記憶に色濃く残る、松林の合間から見た世にも美しい花嫁行列。彼女が本来の花嫁だった。

「あたしは最初からお燦狐なんて反対だったんだよ！　あんなのを屋敷に入れたら屋敷中の酒を全部飲み尽くされてしまうだろうさ」

「はい……私も反対でした。……獣臭くてどうにも辛抱なりません」

お酒はともかく獣臭さはよく分からなかった。妖とは嗅覚が違うのかもしれない。

「ああ、お重は重箱婆——狸の妖だし、お楽は貉でこれまた狸と同一視されやすい。野狐のお燦狐と狸は特に相性が悪いんだ」

「まあ、お楽と一緒にするだなんて！」

「そうです……狸と貉はまったくの別物です……！」

お重、お楽に詰め寄られ、玄湖はたじたじになって両手を上げた。

「わ、分かってるよ。言葉のあやだから！」

「すみません、その野狐というのはなんでしょう。玄湖さんたちも狐なのに、そちらとは違うんですか？」

「うん、狐にも種類がある。私や篠崎さん、信田さんは善狐と呼ばれる妖だ。神格を持ち、場合によっちゃ、神として祀られもする。しかし野狐は人を騙し誑かす。人からすれば悪い妖だ」

「妖の中でもお燦狐は特に評判が悪いんですよ！　強欲で高慢ちきのこんこんちきってね。あんなのが屋敷の中でのさばったりしたら、たまったもんじゃないよ！」

「はい。私たちが旦那様に奉公人としてお仕えするには利点がありますが……野狐でしたら話は別です。人にも妖にも害しかありません」

お重とお楽もかなりの言いようだ。随分と評判が悪い。

「あの、じゃあどうして玄湖さんはお燦狐を娶(めと)ろうだなんて思ったんですか？」

「……そりゃあ、ねえ……篠崎さんとの約束で、親族会議までに身を固めろって言われていたしさ」

玄湖は言葉を濁(にご)して目を逸らす。

お重はそんな玄湖を見て、フンと鼻息を漏らした。

「そりゃ、もう相手がお燦狐くらいしかいなかったからですよ！　百人いたら百人に断られるような旦那様ですからね！」

「断られたのは九十八人だよ！」

「逃げたお燦狐も含めたら九十九でしょう！　まったく……尾崎の名前があれば、見合いをしてくれる女妖(あやかし)もいたでしょうが……当時の旦那様は見る影もないほど力を失い、屋敷も荒れ放題でしたから。あれを見て嫁ごうだなんて妖(あやかし)はおりません」

「私が来た時も、屋敷はボロボロだったものね」

畳は色褪(あ)せ、襖(ふすま)や障子には穴が開いていた。床板もみしみしと音を立てていたのを思い出す。

「そうですよ。妖(あやかし)の屋敷ってのは主人の力を表してるもんなんです。荒れ放題の家ってことはもう維持する力すら失ってるってこと。お燦狐も現状を知らずに嫁いで来たはいいが、さすがにあの屋敷を見て逃げ出したのでしょうさ」

「奉公人まで逃げ出しておりましたからね……」

二人は遠い目をした。以前聞いた南天と檜扇という奉公人のことだろう。

「まあ、そうだろうねえ。お燦狐には見合いの時に、嫁いできてくれれば権能を一つ渡そうと約束したんだ。野狐（やこ）のお燦狐にとって、善狐（ぜんこ）の権能は喉から手が出るほど欲しかったんだろうさ。それでもさすがにあれほど荒れ放題の屋敷を見て、騙（だま）されたと思ったに違いないよ」

「けど屋敷神（やしきがみ）は小春奥様のおかげで力を取り戻したもんねえ。それをどこで知ったか知らないけど、お燦狐も、今更戻ろうなんてさ、まったく欲の深いこと！」

「義理を欠いておきながら、よくも恥ずかしげもなく……」

お重とお楽は本当に辛辣だ。

「ああ。多分、屋敷を見て私が力を取り戻したと思ったのかもしれない。あながち間違いでもないけど、全部小春さんのおかげなのにねえ。お燦狐は、まだ自分が入り込める余地があると思っていたのかもしれない。……そして小春さんの存在を知り邪魔者と認定してしまった」

玄湖は私の方を向く。やけに神妙だ。

「……あの時だって、小春さんはお燦狐が逃げ出すダシに使われたんだよ。私はそれを分かっていたのに、尻尾を取り返すのにどうしても花嫁が必要だからって、丸め込めそうだった小春さんを無理やり巻き込んだんだ……」

眉を下げ、玄湖はしょんぼりとしている。

「お父上を亡くしたばかりで悲しい時に、あんな風に穢れを持ち込んだなんて言われて、辛かったろうに……すまなかった」

私はそんな玄湖に笑ってみせた。

「そうだったとしても、私だって玄湖さんに救われたのは事実です。玄湖さんが叔母夫婦を追い返してくれなかったら、私は今頃お金持ちの老人の妾にされていたかもしれません」

運良くそうならなくても、私はきっとあの家で一人、亡き父母のことを思ってメソメソと泣くだけの日々を過ごしていただろう。こんなにも楽しい日々を知らなかったはずだ。

「その話は初耳だよ」

「ええ、聞きたいです」

お重とお楽に玄湖との出会い、そして叔母夫婦を偽物の紙幣や小判で騙した話を聞かせた。

二人共興味深そうに話を聞いてくれて、叔母夫婦から借用書を奪って家から追い出したくだりには拍手喝采になっていた。

「旦那様、中々やるじゃないですか！」

「あの時、尻尾も目玉もなかった割にはいい騙し方が出来ただろう。言っておくが、ああいう騙し方は悪人にしかしないよ」

玄湖はえっへんと一本だけの尻尾をピンと立ててみせた。

「正直なところ、私もスッキリしたんですよ！　なんせ瓦を齧って『本物の金だ！』なんて言うんですもの」

思い出してお腹を抱えて笑う。

こんな風に思ってしまう私は少しばかり性格が悪いかもしれない。それでも亡き父母がこれまで散々迷惑をかけられ、更に形見まで奪われかけたのだ。少しくらい笑っても構わないだろう。

それに笑っているのは私だけではない。玄湖もお重やお楽も笑っている。玄湖は私を巻き込んだなんて言うが、今この場にいられるだけで私は幸せだった。

「……そうだ、いい機会だし、小春さんにこれを返しておくよ」

玄湖は着物の袂をごそごそと漁り、紙切れを取り出した。

「あの時の借用書だ。煮るなり焼くなり、破くなり好きにしておくれ」

「でも、それは……親族会議を終わらせてからって……」

「いつ受け取ってもそう大差ないさ。どうせ偽物だろうしね」

「……分かりました」

私は借用書を受け取る。

そのまま真っ二つに引き裂いた。

「――これで私は自由の身です」

私は玄湖を真っ直ぐに見つめた。

「……うん。いつでも家に帰って構わない。ここにいたら、またお燦狐に狙われてしまうかもしれないし」

そう言う玄湖に、私は首を横に振った。

「いいえ、親族会議までという約束は果たします。恩は恩だし、約束を守らなければ亡き両親に顔向け出来ません。私、玄湖さんと約束したでしょう。私は自分の意思で玄湖さんの味方をします！」

そんな私に玄湖はへらりと笑みを向けた。

「どうだ見たかい。私はいいお嫁さんを貰ったただろう。親族会議でたっぷり自慢してやるんだ！」

お重とお楽はくすくすと笑う。

「はい、それまでどうぞよろしくお願いします！」

親族会議まで、あと少し。

お燦狐のことは恐ろしい。けれど今の玄湖とならーーそしてお重とお楽の助けがあれば、きっと乗り切れるだろうと、そう思っていた。

五章

月日の経つのはあっという間だった。

気が付けば、親族会議当日の朝を迎えていた。

危惧していたお燦狐の襲撃もないまま、とうとうこの日が来てしまった。

「はい、玄湖さんおしまいですよ」

私はいつも通り、朝の日課になった玄湖の髪を梳かし、尻尾も今日は丹念に梳かした。髪と同じ赤茶色の尻尾が日差しを浴びて艶々としている。

「ああ、ありがとう。ふっかふかだねえ。小春さんにやってもらうと毛艶が全然違うんだ」

玄湖は垂れ気味の優しい目をますます垂れさせて喜んでいる。

おそらくこれが最後になるだろうが、喜んでもらえてよかった。

今日の親族会議でバレないかどうか、不安もまだ大きい。また、どうもとこうもは玄湖から逃げ回り続けており、まだまともに話すら出来ていなかった。

「それじゃ、今日の今日こそ本気を出して、どうもとこうもを捕まえてくるよ」

玄湖は立ち上がりながらそう言う。

「あの、あまり乱暴には……」

「分かってるよ。でもどうしても尻尾があと一本絶対に必要なんだ。小春さんを助けるためにと頼み込めばきっと大丈夫さ」

また髪がボサボサになったら頼むよ、と言い残して玄湖は表へ向かう。

私は俯いた。

私が玄湖の花嫁のフリをするには、周囲に妖だと誤認させなければならない。そのためにはどうしても、どうもとこうものどちらかの尻尾――玄湖の尻尾が必要なのだ。

しかし、どうもとこうもをこれ以上傷付けてしまうのも避けたかった。首を切られたことだけではない。彼らはこの世に生まれて間もない時に、創造主——親のような存在の玄湖に処分されたのだ。きっと心に深い傷を負ったことだろう。

玄湖が何度呼びかけても反応しないのは、そのせいもあるのかもしれない。

私がおにぎりを持っていくと、気配はするが隠れんぼでもしているみたいに姿は見せない。だが玄湖の場合は、その気配すら感じられないほど離れてしまうらしい。

——やっぱり私からも呼びかけた方がいいのだろうか。

それに、どうもとこうもは以前、一度だけ私を助けると言ってくれた。お願いするなら今日がいいだろう。しかし二人の純真さに付け込んでいるようで少し迷う。

それでも、玄湖のために——玄湖の味方になると私自身が決めたのだから。

「……あら、麦？」

気が付けばさっきまで私の横でお腹を出して寝ていたはずの麦がいない。

キョロキョロと探すが、部屋の中にも、続きの間の方にもいなかった。

「玄湖さんが連れていったのかしら……」

親族会議には午後から出発の予定で、麦は置いていくことになっていた。お重やお楽が面倒を見てくれるとはいえ、拗ねて隠れているのかもしれない。

庭で日向ぼっこをする野良スイカツラの群れも見てみたが麦の姿はなかった。

「あ、小春奥様！　今日の朝餉はご馳走ですよ。たーんと用意してますからね！」

居間の座布団をひっくり返して麦を探す私にお重が丸い顔をニコニコさせて言う。

お膳に並ぶ皿の数を見た限り、かなりの品数のようだ。朝餉とは思えないご馳走に目を丸くする。

「あらまあ……親族会議ではもっとご馳走が並ぶでしょうに……。随分と張り合っているのですね……」

そう嫌味ったらしく言うお楽に、お重は目を吊り上げて言い返している。

「うるさいね！　あんたこそ、小春奥様の体は一つしかないってのに、一体、何枚着物を選ぶ気だい⁉」

すっかり毎度のことになった二人の口喧嘩に私は笑みが零れた。

朝からご馳走をたくさん用意してくれるお重も、着物を何枚も選んでくれるお楽も、私を思ってのことなのだと分かっていた。

私は親族会議で人間とバレたらこの屋敷には戻れないかもしれない。バレずとも、花嫁のフリは今日でお終いだ。もし何事もなく円満に花嫁のフリを終えることが出来たなら、お重たちにも改めて挨拶をするつもりではいるが——それでも寂しくなる気持ちはどうしようもない。

お重やお楽と——そして玄湖とも、今日でお別れになってしまう。そう考えると胸がきゅうっと切なくなる。

だが、その前に大仕事が残っていた。まだ気を抜いてはいけない。

「そうだ、小春奥様。昨晩遅くに箒木が無事にややこを産んだそうですよ」

「まあ、そうなのね！　よかった！」

「……母子ともに健康だそうで、きっと小春奥様の育ててくださったトマトのおかげです……」

「私からもおめでとうと伝えてもらえる？」

「もちろんですよ！　落ち着いたら箒木がややこを見せにくると——あっ！」

「お重！　も、申し訳ありません……」

私はお重とお楽に向かってふるふると首を横に振った。

「いいのよ。二人が私のことを思ってくれてるのはちゃんと伝わってる。……お重、美味しい食事をありがとう。お楽、素敵な着物をありがとう」

「小春奥様……」

お重は既に目を真っ赤にしていたし、お楽も唇を震わせている。

私も何だかうるっとしてしまった。それを誤魔化すために廊下に顔を向ける。

「……玄湖さん、遅いわね。ちょっと様子を見に行ってくるわ」

「あ、でしたらこれを」

「ありがとう」

お重からどうもとこうも用のおにぎりの包みを受け取って、私は外へ出た。

一人の時は門からあまり離れないようにと、玄湖から口酸っぱく言われていた。もしもお燦狐に狙われても、無事に屋敷まで戻れるように。

門を開け、キョロキョロとあたりを見回す。玄湖は見当たらない。どうもとこうもの気配もないようだ。ついでに麦の姿も探してみるがいない。

と、そこに突然の強風が吹き込み、私は咄嗟に目を閉じた。

一瞬だが、髪が乱れるほどの強い風だ。乱れた己の髪に視界を遮られ、私は目を閉じたまま軽く顔を払う。

ふう、と一息入れたところで悲痛な鳴き声が聞こえた。

「きゃいん!!」

「麦⁉」

鳴き声は背後——屋敷の方からだった。私は慌てて振り返る。

二つ門の間。橋が掛かっているそこは彼方（あちら）と此方（こちら）が混ざっているのだと、かつて玄湖が言っていた。とても危険な場所だと。

その橋の上に、お燦狐が立っていた。

体に震えが走り、冷や汗がどっと流れる。心臓が嫌な音を立てるのがわかった。

お燦狐は麦を片足で踏み付けている。体重をかけられているのか、麦が苦しそうにひぃんと鼻を鳴らした。

「お燦狐……」

「まあ、人間の分際で妾（わらわ）の名前を呼ぶなどと……」

「む、麦を放して！」

「嫌じゃ。何故妾（わらわ）が下賤（げせん）な人間などの言うことを聞かねばならぬ……何故妾（わらわ）が本来得るべきものを人間などに渡さねばならぬのか！」

キッと私を睨（にら）み付けるその目は血走っている。

「貴様のものは全てこの妾（わらわ）のもののはず。この屋敷も、綺麗な着物も美味（うま）い酒や食い物も権能も……全て全て妾（わらわ）のものじゃ！」

真っ赤に塗られた唇の合間から、鋭い牙が覗いていた。

（……ど、どうしよう）

私から見てお燦狐が屋敷側に立っているため、屋敷に逃げ込むことが出来ない。それに麦を人質に取られている。一旦外に逃げて玄湖を探すにしても、麦を見捨てることになってしまう。

いくら踏まれたくらいではなんともない頑丈なスイカツラだって、痛いものは痛いだろう。あんなに小さいのだ。もしかしたら潰されてしまうかもしれない。

「きゅんっ！」

踏み付けられて黒目をうるうるとさせていた麦は、私をじっと見て一鳴きした。

その顔はいつもより少しキリッとして見えた。

「きゃーうー!!」

「な、なんじゃっ!?」

ぐぐっとお燦狐の足が持ち上がる。いや、まるでゴム風船を膨らませたように、麦が大きくなっているのだ。柴犬の子犬に似た姿はそのままに、みるみる大きくなっていく。

目の前でむくむくと膨れ上がる麦を呆然と見つめる。

「む、麦⁉」

まるまるとした姿のまま麦が巨大化していく。

「きゃん！」

足元で大きくなる麦を抑え込めず、お燦狐がたまらず足をどけた。それでも麦は大きくなり続ける。

「これは一体……⁉」

「んっきゅう！」

麦は何十倍、いや何百倍だろうか。

ぱんぱんに膨れ上がり、とうとう大型の長持ほどの大きさになった。私の見たことのある大型犬よりもずっと大きい。だが元の姿で大きくなっているからやけに頭が大きく、ずんぐりとしている。こんな時でなければぎゅっと抱きつきたいほどの可愛らしさだ。

麦は私を背に庇(かば)い、お燦狐に対峙した。

「きゅーワンッ！」

今まできゅうきゅう鳴くだけだった麦が、可愛らしい声のままではあるが、果敢にもワンと吠えたのだ。

「なんと……この妾に刃向かう気か！　小癪な……」

しかしお燦狐は、怯まず麦の鼻っ面を手で押さえ込む。

「ぎゃいんっ！」

お燦狐の長い爪が顔に食い込み、麦が痛みに鳴いた。大きな体がぷるぷると震えている。

体と同様に大きくなった蛇の尻尾でお燦狐を叩いているが、ぺちぺちという音からしてもあまり効いていないようだ。

それに鼻っ面を押さえられた麦は、口を開けず噛み付くことも出来ないでいる。

「ふん、その顔、引きちぎってくれるわ！」

「やめてっ！　放して！」

お燦狐はますます手に力を込める。直後、ブスッと音がして、長い爪が麦の顔に突き刺さった。

「ぎゃんっ！　きゅううぅー」

お燦狐の爪が刺さったところから、プシューッと空気が抜けるような音と共に麦がみるみる萎んでいく。

あっという間に元の大きさに戻り、ぐったりとしてしまった。

「麦っ！」

「ふん、雑魚（ざこ）のスイカツラごときが、この妾（わらわ）に噛みつこうなどとは……」

お燦狐は小さくなった麦を離さず、鼻を掴んだままブンブンと振り回した。

麦は鼻を鳴らして振り回されるままになっている。もう抵抗する力もないのだ。

私では絶対に敵（かな）うはずない。そう分かっていても、勝手に体が動き、私はお燦狐に掴みかかっていた。

「麦を返して！　――あうッ！」

しかし一瞬で私の体は跳ね返され、背中を門の柱に強（したた）かにぶつけて、その場に崩れ落ちた。背中がズキズキと痛み、息が詰まって起き上がれない。

お燦狐はうずくまった私を見てニヤッと笑った。

「……そうかい。このスイカツラがそんなに大事なのか。では返してやろう。ほーら受け取りや！」

そう言いながら麦をポーンと放り投げた。

投げた方向には川がある。彼方（あちら）と此方（こちら）が混ざり合っている危険な川が――

「麦っ！」

私は痛みを堪（こら）えて跳ね起きると、限界まで両手を伸ばした。

なんとか片手の指先を麦の尻尾（しっぽ）へ引っ掛け、もう片方の手で掴む。

――捕まえた！

そう思った次の瞬間、ドンと背中に衝撃があった。

お燦狐に背中を押されたのだと気が付いた時には、私の体は橋の外に投げ出されていた。

「きゃあああっ」

既に体勢を崩していた私になす術（すべ）はなく、そのまま川に落ちていくしかなかった。

落ちる刹那（せつな）、麦を抱いていない方の手を伸ばしたが、どこにも引っ掛からず指は空を切った。

――落ちていく。

それほどの高さはあるはずがないのに、異様なほど長い落下感がある。

まだ水の中には落ちていない。なのに、空気の色が変わっていく。水色、緑色、紫色――数多（あまた）の色が混ざり合っている。ここはもう川ではなく、渦の中なのだ。

世界が歪（いびつ）になり、万華鏡（まんげきょう）のようにあちこちに反射して絶対に見えない位置のものまではっきりと見える。

これが彼方（あちら）と此方（こちら）が混ざり合っている場所――

本能的な恐怖に全身が総毛立つ。

「む、麦、逃げてっ！」

私は咄嗟に麦を放り投げた。

ぐったりした麦は、勢いよく放物線を描いて渦の外へ飛んでいく。そのまま松林の茂みの中に落下したのが万華鏡のような破片の一つに映っていた。

……なんとか逃がしてあげられたようだ。

せめて麦を逃がす時間があったことは不幸中の幸いだった。

私は落下し続け、やがて一際色の濃い渦の中にゆっくり呑み込まれていく。

その刹那、玄湖の姿が見えた。ひどく焦った様子で門に駆け込んでくる。声は聞こえないが、額を流れる汗も、せっかく整えた赤茶色の髪がボサボサになってしまっているのもよく見えた。

あともう少しだけ、あそこで粘っていられたら玄湖が助けに来てくれたのに。

——ごめんなさい、玄湖さん。私……約束したのに。

玄湖と出ると約束した親族会議も、髪がボサボサになったらまた整えてあげるという些細な約束も、もう守れそうにない。

お燦狐のことは、きっと駆け付けた玄湖がどうにかしてくれるはずだ。

せめて私の仇を討ってもらえたら——そう考えていた私の目に映ったのは、無情な光景だった。

——橋の上に、私がいた。

私そっくりの顔、同じ着物。仕草も、表情も、何から何まで同じ。

あれは私に化けたお燦狐だ。

走ってきた玄湖に微笑み、手巾を取り出して汗を拭う。

「……嘘、どうして……」

玄湖も垂れ気味の目を更に垂れさせてへらりと微笑んだ。

お燦狐が化けていることに気が付いていないのだ。

「あれは私じゃない！　玄湖さん！　私じゃないの!!」

必死に叫んだ私の声は誰にも届かない。

お燦狐は私の顔で悲しげに玄湖に泣き付いている。きっとお燦狐に襲われたと話しているのだろう。

玄湖はうんうんと頷きながら、お燦狐の肩を抱いて屋敷の方へ促した。

「……お願い……私に気付いて……」

玄湖は振り返らない。

一瞬、お燦狐が振り返り、ニイッと笑う。

お燦狐は私から全てを奪ったのだ。

身代わり花嫁である私の――身代わりとして。

もう、何も見たくない。私は全てを諦めた。

渦の色が急速に濃くなっていく。

けれど、それすらどうでもよくて私は目を閉じる。

――そのまま私の意識は大きな渦に呑み込まれた。

その瞬間、私が思ったのは「帰りたい」それだけだった。


――体が痛い。


「う……」

どうやらゴツゴツした場所に倒れているらしい。体のあちこちに硬いものがめり込んでいる気がした。

全身がじくじくと痛むが、体の内側、特に肺腑のあたりも苦しくて痛い。

起き上がろうとしたが指先がわずかに動く程度だった。息を吸おうと口を開くと水がゴポッと出て、呼吸が少し楽になった。

——私、生きてるの……？

しかし五体が満足かどうかも判別出来ない。両足に至ってはほとんど感覚がなかった。

それにすごく寒い。全身が濡れてしまっているらしい。水を含んで重たくなった着物が張り付いて、容赦なく体温を奪っていく。

せっかく生きていたけれど、体の熱は奪われる一方で、このまま遠からぬうちに死ぬのだろう。

——それに、もう。

玄湖の優しい笑みが脳裏を過る。

私にあの笑顔が向けられることはないのだ。

もう、全てがどうでもいい。

そう思って体から力を抜いた瞬間、茂みを掻き分けるようなガサゴソとした音と共に、女性の悲鳴が聞こえた。

「だ、大丈夫⁉　しっかりして！」

女性は声を張り上げる。

「ねえ、あなた！　ここに女の子が倒れてるの！　こっちへ来て！」

「……どうした」

女性は一人ではなかったらしい。連れらしき男性の声が少し離れた場所から聞こえる。その声はなんだかやけに懐かしい気がした。

しかし私はもう限界だった。

私の意識は再び闇の中に呑まれていった。

――あれ、暖かい……？

次に意識が浮上して感じたのはそれだった。

さっきはあれほど寒くてたまらなかったのに、今はとても暖かい。

耳に色んな音が届く。とんとん、カンカン、くつくつ、パチパチ、チュンチュン。

どれも優しい音な気がした。包丁がまな板を叩く音、父さんが細工の仕事をしてる時の音。料理を煮込む音、囲炉裏で薪の弾ける音、窓の外の鳥の鳴き声。

それはかつて、父さんが生きていた時の家の音。

私はゆっくりと目を開ける。

眩しい光が目を刺すようで、何度も瞬きをした。

（あれ……？　ここ、私の部屋だ……）

天井の模様は見覚えがある。間違いなく私の家の部屋の天井だ。だって生まれ育った家なのだから、忘れるはずがない。

「……どうして……」

ひどくかすれた声が出た。

いつの間に家に戻って来たのだろうか。しかし直前の記憶では誰かに助けられたはず。

「う……」

私は体を動かそうと身じろいだ。

両手はある。両足にも感覚が戻って来ていた。何か温かい固まりが布団に入れられている。温石かもしれない。それのおかげで足の感覚が戻って来たようだ。

無理に動かしたので布団が捲れ上がる。いつのまにか寝巻きを着せられていた。意識のない時に着せ替えられたのだろう。見覚えのない柄の寝巻き。布団も家にあったものとは違う。

「……どういう、こと……？」

無理をして上体を起こす。全身にジクジクとした痛みはあるが、とりあえず大きな怪我はないようだ。

私の目に入ってきたのは半分以上見覚えのない家具だった。私の部屋のはずなのに、雰囲気からして違う。

中には見覚えのある家具もある。長いこと使ってボロボロになっているはずの文机（ふづくえ）……しかし記憶よりも傷が少ない気がしたし、畳や襖（ふすま）もなんだかやけに小綺麗だった。

私の家のはずなのに、私の知る家とは少しずつ違う。かと言って、また叔母夫婦が入り込んで好き勝手弄（いじ）ったのとも違うようだ。

キョロキョロと部屋を見回しておかしなことに気が付いた。

柱に付けた傷がなかった。

毎年誕生日を迎えると、父さんがあの柱の前に私を立たせて身長を刻んできた。その柱の傷がない。

「……じゃあ、ここは……」

心臓がバクバクと変な音を立て始める。

私の部屋によく似ただけの違う部屋でもない。それは同じものは二つない天井板の模様が保証している。

そうであれば——

「あら、気が付いた？」

「あ……」

襖が静かに開き、桶を手にした女性が入ってくる。

私より少し年上くらい。お腹が大きく突き出している。もう間もなく臨月なのかもしれない。

「よかったわ。気分はどう？　林の中の川辺に倒れていたのよ」

唇が震える。いや、全身が震えていた。

だって私は間違いなくこの人を知っている。

「母……さん……」

涙が出そうだ。

私が幼い頃に亡くなった母さんが目の前にいる。

覚えている顔はもう少し老けていたし、髪型も違う。それでも母さんなのだと分かった。

「ふふ、まだ寝ぼけているの？　それとも熱が上がったかしら」

母さん――いや正しく言えば若い頃の母さんは目尻を下げて私の額に触れる。その優しくて温かい手も、肌の匂いも、私は覚えていた。

「うん、熱は上がってないみたい。よかった。……お母さんって呼ばれるの、悪い気はしないわね。私もうすぐこの子のお母さんになるの」

彼女は柔らかく微笑んで、大きく膨らんだお腹を撫でる。

由良加代と名乗った。それは記憶通りの母の名前だった。

私が娘だなんて、当たり前だが気付いた様子もない。

――ここは、過去の世界。そして私が生まれる前の家なのだ。

そんな突拍子もないこと、普段なら信じられやしない。しかし、目の前にこれだけの証拠を突き付けられては、そうとしか思えなかった。

原因があるとすれば、あの川だ。

彼方と此方が混ざり合っているという川。落ちたら死ぬのだと思っていたが、よくよく思い返せば全然別の場所に出るかもしれないと玄湖は言っていた。それは例え話の類ではなく、真実だったのだ。

その後、私は何日も寝込むことはなく、すぐに回復した。

きっと早い段階で母さんたちに助けられたおかげだ。

「小春さん……というのね」

「助けてくださって、本当にありがとうございます」

私は二人に頭を下げる。

「いやあ驚いたよ。家の裏に薪を拾いにいったら、加代が川辺で倒れてた小春さんを見つけたんだ」

記憶より若い父さんが穏やかな笑みを浮かべている。

「元治さんが背負ってくれたのよ。私一人じゃなくてよかったわ。それにしても何があったの？　全身ずぶ濡れだったけど」

「……その、実は川に落ちてしまって……」

「浅そうな川に見えたけど案外滑るのかな。大きな怪我がなくてよかったよ」

「あ、あの！　あの川……事故が多いそうで、とても危険なんです。わ、私が言うのもおかしな話ですが……」

あの川は私がこうして過去に来てしまったように、彼方と此方が混ざり合った危険な場所なのだ。

父さんと母さんが不用意に近付かないようにそう言った。

「へえ、見た目より流れが速いのかな」

「そうなのね。教えてくれてありがとう。じゃあ、この子が産まれて大きくなってからも川遊びはさせない方がいいかもしれないわね」

「はい。加代さんと元治さんも、くれぐれもお気を付けてください」

私がそう言うと、父さんは軽く頷いた。

「そういえば、この家の前の持ち主の息子さんが、あまり松林の奥に行かないようにって言ってたのはそのせいなのかね」

「私たち、少し前に引っ越してきたの。赤ちゃんが産まれると夜泣きするでしょう。前に住んでいたのは長屋で、ちょこっと偏屈なお年寄りが多かったものだから」

母さんはちらっと舌を見せていたずらっぽい顔をした。

そんな母さんに笑いながら肩を抱く父さん。

そこには、もうすぐ第一子が生まれる幸せな家族の姿があった。

「それで、小春さんのお家は——」

父さんの言葉は途中でかき消された。

母さんも慌てたように私の顔を見ている。

いや、違う。

私が泣いているからだ。

涙がどっと溢(あふ)れ、頬を伝ってボタボタと零れていた。

母さんが父さんに首を横に振って見せ、父さんは小さく頷いた。

「……小春さん。少し疲れちゃったかな。大丈夫だからね。もう少し横になってましょう。それで目が覚めたらあったかいお粥を食べるのよ。今は何も考えなくていいからね」

母さんは私の背中を優しく撫でる。

その手が温かくて、私の涙はしばらく止まらなかった。

父さんがいて、母さんがいる。二人とも生きていて幸せそうな家。

私の帰りたい家はここであり、そして私の居場所はここではなかった。

母さんは私を寝かし付け、しばらく側にいてくれていたが、私が眠ったと思って静かに部屋から出ていった。

襖越しに父さんと母さんが小声で話すのが聞こえる。

「……あの子、もしかしたら入水しようとしたのかも……」

「滅多なことを言うもんじゃないよ」

「でも、あんないい着物を着てたのに、荷物の一つもなかったし……」

「うん、話し方もしっかりしてたから、いいところのお嬢さんかもしれないね。……

可哀想に、あんなに泣いて」

「ねえ、あの川の近くに大きなお屋敷があるの、知ってるでしょう。あそこのお嬢さんか若奥さんかもしれない。もし、何かひどいことされて逃げてきたなら助けてあげなきゃ！」

「声が大きいよ。せっかく寝たのに起こしてしまう」

「でも、あの子、背中に大きな痣があったの。着替えさせる時に見えてしまったのだけど、もし叩かれたり折檻されていたら……可哀想で……」

「落ち着いて。小春さんが元気になったら話を聞いて、それで必要なら駐在さんに届けたって遅くないいんじゃないかな？　今はゆっくり休ませてあげよう」

父さんと母さんは私が川で自殺しようとしたか、それとも家庭内の暴力から逃げてきたと考えているようだ。

真実を言っても信じてもらえるはずがない以上、今はそう思ってくれている方がありがたい。

そして私は二人の会話を聞いて閃いたことがあった。

この時代の玄湖を頼るのだ。

玄湖の屋敷はこの家からそう遠くない。松林を抜ければすぐに着くはずだ。

それに私が生まれる前の玄湖であれば、まだ目玉や尻尾があるはず。尻尾が一本きりの今の玄湖より出来ることが多いだろうし、元の時代に戻る方法も知っているかもしれない。

私を元の時代に戻すことが出来ないか頼んでみよう。

彼方と此方の混ざり合った川のことは玄湖なら誰より知っているだろうから、話せば信じてもらえるかもしれない。

脳裏に垂れ気味の目尻を更に下げてへらりと笑う玄湖の姿が蘇る。

玄湖ならきっと大丈夫。

その安心感で気が抜けたのか、どっと疲れがやってくる。いつの間にか、私はまた眠りについていた。

「――元治さん、加代さん、本当にお世話になりました」

「小春さん、本当に大丈夫なの？」

「はい……」

私は翌日、由良家を辞した。

どっちみち、私はこの家に長くはいられない。

若かりし頃の両親と過ごすのは甘美な時間だったが、これ以上の迷惑はかけられなかった。それにもし過去で何かしでかしたら、未来にも影響が出てしまうかもしれないからだ。

私は道から逸れて松林に入る。緊張に心臓がドキドキしていた。しかし頼れるのは、この時代の玄湖だけだ。

黒松の林は幹が黒いのもあって昼間でも薄暗い。同じ木ばかりで、どこを通ってきたのかもすぐに見失ってしまいそうだ。

しかし屋敷までの方向は覚えていた。

やがて見覚えのある川、立派な土塀——そして二つ門が現れた。表札には尾崎と書いてある。

「ああ……よかった……」

私の知る今とまったく同じ屋敷の姿に安堵の息が漏れた。

私は急いで駆け寄って門を押す。

——しかし門はびくともしなかった。

「な、なんで……」

私が軽く押せば、それだけで大きく開かれていたはずの門が開かない。

そこでハッとする。

開くはずがない。

だってここは過去だからだ。それは当たり前で、分かりきったことだった。

突き付けられた事実に足元から崩れていく気がした。

私は門を押すのではなく、ドンドンと叩いていた。元の時代に戻るのを諦めきれない。

何度も何度も門を叩く。しかし、屋敷の中から返事がくることのないまま、時間だけが過ぎていく。

「玄湖さん！　お願い！　助けて！」

門扉を叩く。拳に痛みを覚えても叩き続けた。

「話を聞いて！　お願い、帰りたいの！　私の居場所に帰りたいの！　お重！　お楽！　玄湖さんっ……!!」

門は開かず、返事はなかった。

「……どうして……なの」

その時不意に思い出したのはかつての玄湖の言葉だった。

二十年近く前、私によく似た声を聞いたのだと、確かにそう言っていた。

――それがきっと、今だ。

そして玄湖には、私を助けたという記憶はない。

それはつまり、屋敷の門は絶対に開かれないことを示していた。

私はその場に崩れ落ちた。

絶望感に頭が真っ白になっていく。

「――小春さん」

その声に振り返ると若い父さんと母さんが立っていた。

「小春さん、一緒に帰りましょう。ね？」

母さんが泣きながら抱き付いてくる。

私もまた涙が溢れて止まらない。

母さんにしがみつき堪えきれない嗚咽を漏らした。


父さんと母さんに支えられ、私は家に戻って来た。

囲炉裏端の一番暖かい場所に座らされ、拳に包帯が巻かれた。それから湯気の立つ湯呑みを持たされる。

いつの間か日が暮れるほどの長い時間を私は開かない門を叩き続け、拳を傷めていたらしい。体もすっかり冷え切っていた。

父さんと母さんは、私に事情を聞くことをしなかった。その代わり、一つの提案をされる。

「小春さん——ううん、小春ちゃん。あのね、元治さんとも話したんだけど、この家でずっと暮らさない？」

「……え？」

「小春ちゃん、加代には妹がいてね、ちょうど君くらいの年頃なんだよ。……事情があって少し前に出て行ってしまったきりでね、加代はずっと寂しい、会いたいって言ってたんだ。うちにはもうすぐ子供が生まれるからさ、よかったら、このまま家で加代の手伝いをしてもらえないだろうか。俺も家にいるけど、仕事があればかかりきりになってしまうからさ」

「そうなの。初めてのお産で不安だし、最近はお腹がつかえてお掃除もしんどいし。小春ちゃんさえよければ、この子のお姉ちゃんになってくれないかな」

父さんは優しく諭すように、母さんはお腹を撫でながら微笑んでそう言ってくれた。

私は再び涙が盛り上がるのを感じた。

事情を聞くこともなく、ただそっと手を差し伸べてくれる優しい人たちが自分の両親であることがこんなにも誇らしい。

一緒に住もうと言ってくれたことが嫌なはずはなかった。

この家で両親と再び過ごせるなんて、何よりの幸せだろう。——しかしそれは許されない。

私はこの時代にいてはいけない人間なのだ。何故なら本物の小春は今、母さんのお腹の中にいる。

私にはこの世界、この時代に居場所なんてない。

だけど、この家を出て働くにもこの時代の人間じゃない私には戸籍がないし、最悪の場合、生活のために遊郭(ゆうかく)へ行くしかなくなるかもしれない。

どうしていいか分からず迷う私に、母さんと、父さんが優しく声をかける。

「……ね、少しの間だけでもいいのよ。この家でゆっくりして、もう少しだけ元気が出るまで」

「ああ。遠慮はしないでほしい」

ほんの少しの間だけ。本物の私が生まれるまでなら——

私が頷こうとしたその時、慌てたような声が聞こえた。

「ま、待ってくれ、小春さん！」

――その声に私は息を呑んだ。

「突然お邪魔してすみません。小春さんの……身内の者です」

玄関扉が開いた音はしなかったはずなのに、男がひょっこりと三和土に立っていた。

父さんと母さんが目を瞬かせながら声のした玄関の方へと視線を向ける。

「……玄湖、さん……どうして、ここに……」

聞きたいことは山ほどある。しかしどれも言葉にならなかった。

玄湖は神妙な顔をしていた。

赤茶色の髪の毛は乱れたまま、額に大粒の汗をかき、走って来たのか息を荒くしている。

「貴方、突然なんですか。この子の身内だと言いますが……」

私と母さんを庇うように父さんが一歩前に出て、母さんは私を守るつもりかぎゅっと抱きしめてくる。

「ええと……その……そこの屋敷の尾崎と申します。夜分にいきなり失礼いたします」

玄湖は父さんに向かい深々と頭を下げ、きっぱりと言った。

「私の花嫁の小春さんを迎えに参りました」

「しかし、小春ちゃんは――」

「あなた、お話くらい聞きましょう。尾崎さんでしたね。どうぞお上がりくださいませ」

父さんを母さんが止めてくれる。母さんは私を見てにっこりと微笑んだ。

何があったかなんて知らないはずなのに、まるで全部お見通しみたいな微笑みに、私は泣き笑いを返した。

「……本当に、玄湖さんなのね……？」

「うん……迎えにくるのが遅くなってすまなかった。随分と不安な思いをさせただろうね」

父さんは玄湖の前に湯呑み茶碗を置いて言った。

「尾崎さん。俺たちは詳しい事情は知りません。だが、この小春ちゃんは具合を悪くして倒れていたんだ。背中にも怪我をしていた。可哀想に、ずっと泣いていたんだよ」

「はい、本当に申し訳ない。私が守りきれなかったことが全ての原因です」

「あ、あの、玄湖さんのせいじゃないんです！」

私は父さんにそう言った。

父さんはちょっと怖い顔をしていたが、不意に頬を緩める。

「小春ちゃん、いいんだね？」

「はい」

私は力いっぱい頷いた。

「もう、あなたったら、心配性なんだから。小春ちゃんの顔を見たら一目で大丈夫って分かるのに」

「だが、万が一のことがあったら……」

「ふふ、このお腹の子が嫁ぐ日が来たら、きっと同じように騒ぐんでしょうね」

母さんはお腹を撫でながら父さんに笑いかける。

「おい、まだ女の子って決まったわけじゃ」

「きっと女の子よ。母親の勘で分かるの」

その勘は当たっている。私も微笑んだ。玄湖も気付いたらしく、垂れた目尻をますます下げた。

「あの。本当にお世話になりました。かあ……加代さんと元治さんがいなかったら、私生きていませんでした」

「大袈裟ねえ。……小春ちゃん、幸せにね」

「よかったな小春ちゃん。尾崎さん、小春ちゃんをお願いします」

「はい、今度こそ小春さんを守ります。うんと大事にしますから」

父さんは玄湖の言葉に、ニッと笑って玄湖の肩を軽く叩いた。

玄関先まで父さんと母さんが見送ってくれた。

これで最後だ。

母さんはそう遠くない年月で亡くなり、父さんも私が大人になる前に亡くなる。

それらは変えることができない事実だった。

じわり、と涙が浮かぶ。

玄湖が手巾（ハンカチ）を出して涙を拭ってくれた。

「最後に挨拶（あいさつ）しておいで」

「っ……はい！」

私は父さんと母さんに深々と頭を下げた。

「そんなに何度も頭を下げなくていいんだよ」

「そうそう。また家を出たくなったら、ここにいらっしゃいな」

「いえ……私、遠くに行くんです。もうここには来られません……」

「あら、そうなのね」

母さんは少し残念そうだった。

でも、私じゃない私がこれから少し先に生まれてくる。きっとそっちで手いっぱいになって、いずれ私のことなど忘れてしまうだろう。

「それで、あ、あの……変なことを言いますが……お別れの挨拶を、私の父さんと母さんとして聞いてもらえませんか？」

「え？」

「私の父さんと母さんは……もう亡くなっていて……最後の挨拶も出来なくて、それで……」

「うん、いいわよ小春。私は貴方の母さんよ」

「……か、加代。わ、分かった。じゃあ俺が父さんだな」

「ありがとう……父さん、母さん……」

私は涙を堪えて父さんと母さんの姿を目に焼き付ける。

「父さん、母さん……育ててくれてありがとう。私、母さんのご飯大好きだった。あのね、掃除の仕方、教えてくれてありがとう。今、すごく役に立ってるよ。それから、父さんの言いつけを破ったこともあったけど、父さんには本当にたくさん感謝してる。学校通わせてくれたり、風邪引いた時に父さんが作ってくれたお粥食べるのも好きだった。私は二人の子供でいられて幸せだったよ……！」

「……ありがとう、小春」

「どうか元気で」

後半は泣きべそ状態で、鼻声になっていた。それでも過去に言えなかった亡き両親への お別れの挨拶が言えて、私は幸せだった。

「二人とも、健康には気を付けて……それから、お腹の子をどうか大事に育ててね」

「ああ」

「小春、ちょっと待って」

母さんが目を真っ赤にして家の中に駆け込む。

少しして戻って来た。

「これ、私の花嫁道具だったの。おばあさんの時代まで、そこそこお金持ちだったらしくて。ねえ、なかなか立派な細工物でしょう？」

私は目を見開いた。

母さんの手には貝桶があった。八角形の綺麗な漆塗りの箱。

それは、どうもとこうもが持っていった屋敷の貝桶だった。紐だけは違うが、同じもので間違いない。

――まさか母さんのものだったなんて。

「この貝桶をあげるわ」

「で、でも……」

「お腹の子には他にも残せる物がたくさんあるもの。それに、小春も私の娘でしょう。花嫁道具として受け取って」

「ありがとう……」

私はおずおずと貝桶を受け取る。

かつてどうもとこうもが言った通り、本当にこれは私の貝桶だったのだ。すごく不思議な気がした。

「でも私、たくさんお世話になったのに、何も……全然返せなくって……」

「子供が親にそんなことを気にしなくていいんだよ。幸せになってくれれば、それだけでいい」

「そうよ。あ、でも一つだけ……お腹のこの子の名前、小春にしてもいいかしら？実は元々名前の候補の中の一つだったのよ。だから小春の名前を聞いた時、ちょっと驚いたの。まさか未来から娘が来たのかしら、なんてね」

母さんはお腹を撫でながらにっこりと笑う。

そのまさかだなんて、本当には思っていないだろうけど、なんだか嬉しかった。

「それでね、さっき尾崎さんが迎えに来た時の小春ったら、本当にそこだけ小さな春が来て、ぱっと花が咲いたみたいに綺麗だったの。だから、この子も小春って呼んであげたい。その場に綺麗な花が咲いたような子になりますようにって」

「母さん……うん、ありがとう。いってきます！」

「ああ、小春。いってらっしゃい」

「うん、いってらっしゃい」

私はもう一度父さんと母さんの笑顔を目に焼き付けて、ペコリと頭を下げて玄湖の隣に戻った。

「……もう大丈夫かい？」

「はい、ありがとうございました。……帰りましょう」

「うん、帰ろう。手巾（ハンカチ）も一枚じゃ足りなかったね」

私は笑う。その通りで涙を吸い取った手巾（ハンカチ）はびっしょり濡れてしまっていた。

「聞きたいことは山ほどあるだろうけど、とりあえず帰ってからだ」

「はい！」

私は玄湖に手を引かれ、いつかのように暗い松林を通り抜ける。

帰るのだ。私の居場所へ――

「あの、でも、玄湖さん。どうやって帰るの？」

「ああ、こいつを使うのさ」

くるりと背中を見せる玄湖。一本しかなかったはずの赤茶色をした尻尾が、五本に増えていた。

「どうして……尻尾が……」

そして思い出すのは、行くはずだった親族会議や私に化けていたお燦狐のことだ。私が川に突き落とされてからどうなってしまったのか、さあっと血の気が引いた。

「く、玄湖さん、親族会議は！　そ、それから……」

「そこらへんは後でゆっくり話してあげるから。急がないと……実は私がここにいられる時間には制限があるんだ」

「は、はい」

玄湖の言葉に私は頷いた。

それと同時に嬉しくなった。制限時間があるのに、玄湖は急かすこともなく私が両親に挨拶するのをギリギリまで待っていてくれたのだ。

「行きと同じくあの川に飛び込なまきゃいけない。小春さんは怖いよね。それでも耐えられるかい？」

「……玄湖さんが一緒なら大丈夫です」

「うん、行こう」

玄湖が手を当てると、それだけで二つ門が開く。あの時は何度叩いても開かなかったのに。

複雑な思いで門を見上げる私に、玄湖はへらりと笑った。

「……さっき、たくさん呼びかけてくれたんだよねえ。何度も門を叩いて、手も痛かっただろうね。でも、私がここに来られたのは小春さんがそうやって頑張って声を上げてくれたおかげなんだよ」

「え……？」

「小春さんが消えて、川に落ちたことは分かったけど、どこへ行ってしまったかまでは追えなかった。でも、思い出したんだ。ずうっと昔、小春さんが生まれるよりも前に、小春さんによく似た声を聞いたなって」

「私の声……ちゃんと届いてましたか」

じわり、と涙が浮かび、それを誤魔化すように何度も瞬(まばた)きする。

「うん。届いた。小春さんの母上の声かと思ってたけど、もしかしたら小春さん本人の声かもしれないってね。……随分と迎えが遅くなってしまってすまなかった」

私は黙って首を横に振った。

玄湖は私の手を固く握りしめる。

「それじゃ、飛ぶよ。私の手を離さないようにね」

「はい！」

私も玄湖の手をしっかりと握り返し、逆の手で貝桶を抱え直した。

玄湖がふわっと浮き上がる。私も一緒に浮いていた。しかし玄湖が一緒だと思えば何も怖くない。

そのまま放物線を描くように橋を越え、眼前に川面が迫る。

私たちは足から水面へ落下していった。

前回も経験した通り、色の渦とキラキラと視界が割れたような万華鏡の世界になる。行きは恐ろしいばかりだったが、帰りは玄湖がいる。安心感からゆっくりと周りを眺められた。

割れた世界の破片には色んなものが映り込んでいた。

この時代の尾崎家の庭にたむろするスイカツラの群れ。家事をするお楽やお重もちらりと見えた。

少し離れた由良家では、泣く母さんの背中を父さんが優しく撫でている。両親の仲睦まじい姿。

そして、この時代の玄湖の姿もあった。縁側に腰掛け、ひどく退屈そうに背中を丸めて頬杖をついている。綺麗な金色の目もなんだかくすんだ色をしていた。

「あっ……！」

過去の世界を垣間見るのに夢中になっていたせいか、腕の中から貝桶(かいおけ)がすっぽ抜けていく。あんなにしっかり抱きしめていたはずなのに。

「や、やだ！　どうしよう！」

しかし手から離れた貝桶(かいおけ)はどんどん渦の外に流され、どんなに手を伸ばしても届かなかった。

母さんから受け継いだ大切な花嫁道具なのに。

両親から貰(もら)った、最後のもの——

「大丈夫だよ、小春さん。あれがどこにあったのか、よーく思い出してごらん」

「え……」

あの貝桶(かいおけ)を見つけたのは——そう、確か玄湖の続きの間のゴミの山の下だった。

「ほら」

玄湖に促され、流されていく貝桶を見守る。

貝桶はやがて玄湖がぼんやりと座っている縁側の近くに転がり出た。

玄湖は不思議そうな顔で突然現れた貝桶を拾い上げる。

砂埃を払い、漆塗りの細工をじっくりと眺めるようにくるくると回した。途端にくすんでいた金色の瞳がイキイキと輝き始め、唇が弧を描いた。

「そうそう、あれを見て漆塗りにハマったんだよねえ。ま、そう長い間じゃなかったけどさ」

「……玄湖さんって、今も昔も変わらないですね」

過去の玄湖は機嫌がよさそうに貝桶を持って部屋の中へ引っ込んでいく。

五本の尻尾がパタパタと揺れていた。

――これからあの貝桶は未来の私が掃除の最中に見つけるまで、玄湖の屋敷に置かれることになるのだろう。

「ね、大丈夫。あるべきところに戻っただけ。小春さんが生まれる前の世界に来てしまったのも、ちゃんと無事に戻れるのも、ちゃんと決まっていたのさ」

「はい……」

私は傍らの玄湖を見つめた。玄湖も私を優しく見つめていて、パチリと目が合う。

何だか急に、気恥ずかしくなった。私は慌てて目をぎゅっと瞑る。

私が怖がっていると思ったのだろう。玄湖が、大丈夫と囁いた。

――そのまま渦の中に呑み込まれ、意識が途切れた。


軽く揺さぶられて目を覚ますと玄湖が私の顔を覗き込んでいた。

「ああ、よかった。目が覚めたね」

「あ……」

重い頭を起こす。行きは川辺に倒れていてびしょ濡れだったが、今は着物も濡れていない。川に飛び込んだのがまるで夢のようだ。

「大丈夫かい？」

「え、わっ、大丈夫です！　私たち、帰ってきたの……？」

玄湖に顔を覗き込まれ、思いがけないほど近い距離にカッと顔が熱くなる。さっきからなんだかおかしい。自分が自分でないみたいだ。

しかし玄湖は気にした様子もなく微笑みかけてくる。

「うん。よく見てごらんよ」

あたりを見回すと、そこは尾崎のお屋敷の庭だった。庭の隅には、私が植えた巨大化したトマトがある。

その見間違えるはずのない見事な枝っぷりや、たっぷり実ったトマトの実は元の世界に戻ってきたことを示していた。

「本当に……帰ってこられた……」

「そうだよ、小春さん。よく頑張ったね」

玄湖はそう言って私の両手を握る。私の心臓がドキンと激しい音を立てた。

「あのっ、ありがとうございましたっ！」

私は突然激しくなった鼓動が耐えがたくて、慌てて玄湖の手を払った。

玄湖は不思議そうに首を傾げる。

「な、なんでもないです！」

私は慌てて両手を握り込んで首を横に振る。玄湖に手を握られることなんて今まで何度もあったのに、何故今になってこんなにもドギマギしてしまうのか。さっきだって手を引かれて松林を歩いたのだ。あの時は平気だったのに、突然こんな風に狼狽えてしまう自分がまったく理解出来ない。

私のものではないみたいにドキドキしている胸を、ぎゅっと押さえた。

「きゃうん！」

　麦の鳴き声がして私は顔を上げた。見ると、
　麦がこちらにとてとてと走り寄ってくる。

　真っ直ぐこっちに向かって走り――足を滑らせて転んだ。

　ころん、と転がった麦はひんひんと鼻を鳴らしながらも果敢に起き上がり、また走り出す。

「ほら、小春さん、麦も元気だよ。お燦狐から逃してくれたんだろう?」

「ええ……怪我がないようでよかった」

　どんくささは相変わらずのようだが。

　そう告げると玄湖は笑う。

「はは、前にも言ったけどスイカツラは結構丈夫だからね」

　私は駆け寄って来た麦を抱き上げた。

　麦は嬉しそうに私の手を舐める。耳がぺたんと後ろを向き、瞳を輝かせていた。

「小春さんに会えて嬉しそうだ。それにみんなも待ってる。さあ、行こう」

　玄湖は手のひらを差し出した。

　私は少しだけ迷ってから、麦を抱いていない方の手で玄湖の手を握る。

玄湖は垂れた目尻をますます下げて私に微笑んだ。

この微笑みをもっと見ていたい。そう気が付いてしまった。

私の願い。——貴方の側にずっと。

しかし、私は親族会議までの期間限定の花嫁——一緒にいられる時間は間もなく終わろうとしていた。

六章

玄湖に促(うなが)されて玄関の前に立つ。

麦は玄湖の手に渡り、撫でられる内にうとうとと眠そうに丸まっていた。

私は改めて玄関扉を見上げた。

胸を締め付けるような心地がする。

たった三ヶ月過ごしただけなのに、この尾崎の屋敷は私にとって既に懐(なつ)かしさを感じる場所になっていた。

引手に触れようとした瞬間、ガラリと音を立てて扉が開き、目を丸くする。

扉の向こうにはお重とお楽が立っていた。

あちらも目を丸くした後、破顔して飛びつくように私の手を握った。

「小春奥様！　ご無事で！」

「よかった……お戻りになられたのですね」

「お重……お楽……」

二人は姿を消した私を心配していてくれたらしい。ぎゅっと握られた手が温かくて、心までじんわりしてくる。

両親とは違うけれど、お重もお楽もこの短い間に家族にも等しい情が湧いていた。それが片道ではなかったことがまた尚のこと嬉しい。

「ほーら、ちゃんと言った通り、小春さんを連れ帰っただろう」

玄湖はそんな二人にえっへんと胸を張った。

「ああ、本当にようございました！　小春奥様、さあこちらにどうぞ！　お腹は空いておられませんか。すぐにお食事も出せますよ！」

「その前に……着替えをいたしましょう。お風呂も沸いておりますから」

私はお重とお楽にぐいぐいと引っ張られる。

「ちぇっ、なんだい。私だって頑張ったのにさ」

相手にされず、玄湖が拗ねた声を出す。それを見たお重とお楽は、顔を見合わせてぷっと噴き出した。くすくすとお重たちの笑い声が玄関に響いていた。

それから私は、話の前にとお楽が用意してくれたお風呂に入り、着替えを済ませる。そしてお重が用意してくれた食事をいただいた。

今まで通りの生活のようでそうではない。

玄湖に尻尾が全て戻っていた。それはつまり、私の身代わり花嫁としての役割は終わったということだ。それを分かっていても変わらぬ二人の心尽くしがありがたい。

「小春さん。ちょっといいかな？」

とうとうこの時が来た。

「はい、あの……親族会議はどうなったんですか？　それにお燦狐は……」

「とりあえず見てもらった方がいいかな」

「は、はい……」

玄湖にそう言われ、私は頷く。玄湖は部屋から出るよう私を促した。

前を歩く玄湖の背中をじっと見つめる。

この屋敷に来る時、玄湖は親族会議を乗り切ることが出来たら望みを一つ叶えてくれると言ったのだ。

お燦狐の妨害で私は親族会議に行くことも出来なかった。あの時の約束は無効になってしまうかもしれない。けれど、もしも。

もしも一つ、望みが叶うなら——

私は祈るように胸に手を当てた。

「小春さん、この部屋だ」

玄湖に連れられて向かった先、その部屋は玄湖の部屋のすぐ横にあった。

今までの記憶によると、こんなところに襖はなかったはずだから、ごく最近増えた部屋だろう。この尾崎の屋敷は屋敷神で、とても不思議な力を持っている。これまでも、こうして部屋が増えていることはちょくちょくあったが、危険もあると聞いていたので、自分から入ったことはなかった。

襖を開けると子供用の小さな布団が二つ並べられている。

そこには、どうもとこうもが静かに横たわっていた。

——それがどういう意味なのか、私は見ただけで理解してしまった。

布団に寝かされた二人はピクリとも動かない。どちらも非常に精巧な作りながら、ただの人形にしか見えなかった。首には折れたのを修復した跡がある。私が繋げた時のままだ。

　それはつまり、彼らに宿っていた命は失われ、付喪神ではなくただの人形に戻ってしまったということだろう。

「そんな――」

「……まずは小春さんにこれを」

　渡されたのは貝桶だった。過去の世界の母さんから貰った貝桶。ついさっき手放してしまったもの。それから長い年月この屋敷に置かれ、再び私の手に戻って来たのだ。

　かつて、どうもとこうもが私のものだと言った通りになった。

　私は帰って来た貝桶をぎゅっと抱きしめてから、そっと脇に置いた。戻って来て嬉しいのに、ひどく胸が切ない。

「あの……どうもとこうもは……」

「……小春さんを助けるためにと、私に尻尾を差し出した。私が何故五尾に戻れたかの理由の一つだよ」

　私は絶句した。玄湖が五尾ある時点で理解していてもよさそうなものを、無意識に理解を拒んでいた。

　そしてそれを今、突き付けられている。

　――彼らはかつて私を助けると約束してくれた。それは私のために死ぬのも同然だ。

手が震える。両手を組むが、指の先がひどく冷たくなっていた。

　そんな私に玄湖は眉を下げた。

「どうもとこうもが希望したんだ。大嫌いな私に、この子たちの方から小春さんを助けてほしいって。もちろん私だって小春さんを助けたかった。そのためには尻尾を全て取り戻し、力を万全にする必要があったんだ。……それは分かってくれるかい？」

「はい……」

「でも、私だっていつまでもこのままにしておくつもりはない。ちゃんとこの首を繋げ直して、また力を吹き込んでやるからね。それまではこうして寝かせておくさ」

　私は顔を上げた。

「この子たち、生き返れるんですか？」

「そもそも死んでるわけじゃないからね。妖は生物とは違うし、特にこの子らは付喪神だからさ。この子らの創造主でもある私が保証するよ。条件を整えてやればまた動き出すはずだ」

「……よかった」

　私は胸元でぎゅっと手を握りしめた。冷え切った指先がまたじんわりと温かくなっていく。

そんな私に玄湖は柔らかく微笑んだ。

「……これは、きっと小春さんのおかげでもあるのさ。小春さんは付喪神と相性がいい。この屋敷神が朽ちかけていた時に力を吹き込んだみたいにね。きっと小さな時から物を大事にしてきたからじゃないかな。それにやっぱり、付喪神ってのは人に使われたいんだよ」

「人に……？」

「うん、付喪神は九十九神とも書くように人に長いこと使われた道具がなるものだ。人と共生しているんだよ。それに妖だって、ただそこにいるだけじゃ野の獣や自然現象と変わりゃしない。人が認識して初めて妖になるのさ。それは私とて同じことだ」

玄湖は顔を上げた。

「私は自業自得とはいえ、目玉を落っことし尻尾を四本も奪われた。まともな力もなく落ちぶれていた私のことを、妖と認識して今日までこの世に繋ぎ留めくれていたのは他でもない小春さんなんだよ。小春さんがこの屋敷に来てくれなかったら、私はこの屋敷と共に朽ちていたかもしれない。だから、ありがとうと言わせてほしい」

玄湖はそう言って私に深々と頭を下げた。

「そんな……私は何も……親族会議にも間に合わなかったし……結局、残りの二本はどうやって？」

私が川に突き落とされたあの日が親族会議だったはずだ。

「……それがねえ。ぜーんぶ、話してしまったのさ」

玄湖はへらりと笑みを浮かべる。その笑みは今までで一番力がないように見えた。

「え……？」

「小春さんを助けに行くのに、どうしても五尾必要だった。どうもとこうもに二尾返してもらっても、まだ二尾足りない。私に出来ることは、ただこの頭を下げることだけだったのさ」

玄湖は困ったように笑いながら赤茶色の頭を掻いた。

「だから、一人で親族会議に行って篠崎さんに全て話したんだよ。その上で、騙そうとして嘘をついた罰は、全部私が受けることになっている。だから小春さんは安心しておくれ。大丈夫。最初の約束の通り、私に用意できるものならなんでも叶えてあげるよ」

「な、何も大丈夫なんかじゃ……！」

「そうは言ってもねえ。全部私の我儘だったわけだし、今までしてきたことが自分に返ってきただけなんだから」

「それでは私も一緒に罰を受けます！　私だって事情を知ってたんだし！」

「いいや、小春さんは私に借用書を奪われていたから仕方なかったんだ。それから、お燦狐のことも大丈夫。小春さんのフリをしたって、みんなすぐに分かったんだ。わざと騙されたフリをして、お楽が歓待して油断させて、お重がうんと強い酒をしこたま飲ませて酔い潰してある」

「ええ。狐殺しって酒で。あれを飲んじゃあ、ふらっふらでろくに歩けやしないはずですよ。そこをぎゅーっと縄で縛っておりますからね！」

「あの女狐、綺麗な着物を広げたら、もう目が釘付けで。騙すのも簡単でございました……」

廊下で控えていたお重とお楽が自慢げに笑う。

「小春さん。今日まで本当にありがとう。これから篠崎さんがくる予定なんだ。お燦狐の身柄を引き渡そうと思って連絡しておいたのさ。お燦狐を引き渡して小春さんが安全になるまで、あと少しだけ屋敷にいてもらってもいいかい？」

玄湖はポンと手を打つ。

「そうだ、篠崎さんがくるまでまだ時間がある。今のうちに小春さんの欲しいものを用意しようじゃないか。こちらの事情で小春さんを待たせちゃって悪いからさ」

そう言う玄湖の袖を私はぎゅっと握った。

「……悪いことなんて何も……せめてこの件の決着が付くまで、私も見届けたいです。それに私には欲しい物なんてありません。ただ、玄湖さんの側に、もう少しだけでいいからいたいんです！」

玄湖は垂れ気味の優しい目を、大きく見開いた。

金色の瞳がきらりと光って見えた。

玄湖の金色の瞳は透き通って綺麗だ。私はその瞳をじっと見つめた。

「……小春さん、本当にそう思ってくれているのかい？」

「はい。私の望みは——許されるなら、これからもこの屋敷に住まわせてほしい。それだけなんです」

決して贅沢を言うつもりはない。今の待遇が良過ぎるのは、世間知らずの私だって十二分に理解している。

だから勇気を出して言葉を絞り出した。

「……あの、箒木さんは産休なのでしょう。無事に子供が生まれたと聞きましたが、それでも復帰までもうしばらくかかるのではないでしょうか。私、お掃除なら得意ですし……このお屋敷で代理の奉公人として、雇ってはもらえませんか？」

「ほ、奉公人⁉」

玄湖は目を見開き、それからパチパチと瞬く。私は頷き、前のめりになって畳み掛けた。

「はい。もちろんただの奉公人で構いません。掃除の手はいくらあっても困るものではないでしょう。それに玄湖さんの髪や尻尾を梳かす約束もしていました。それだっていつまでとは期限を決めてなかったし……。これからも、その役目をさせてほしいのです。む、無茶は承知の上です！」

「そんな……そりゃ、掃除なんかは小春さんがいてくれると助かるけど、で、でもさ……」

これくらいなら受け入れてもらえるのではないかと思っての打診だったが、玄湖は思いの外渋っている。

若干の寂しさに胸が痛み、両手を胸の前で握る。この妖の住まう屋敷で、上手くやっていると思っていたのは私の独りよがりだったのだろうか。

「駄目……ですか？」

「いや、駄目っていうかそういうんじゃなくて……」

歯切れが悪い。そんな玄湖の背中をお重が叩く。バチーンと激しい音がした。

「あいたーっ！」

「もう、しゃっきりしてくださいよ旦那様！」

「そうです……！」

お重だけでなく、お楽までもが玄湖の肩のあたりをぐいぐい押すような仕草をしている。私は首を傾げた。

玄湖はしどろもどろになりつつも、パッと顔を上げる。その頬はほんのりと赤い。

「ち、違うんだよ。私は……小春さんを奉公人として雇いたいんじゃない。私はね、小春さんがこの屋敷にいたいって、私の側にいたいって本当にそう思ってくれるなら、ちゃんと……本物の花嫁として迎えたいんだ！」

その言葉に私は絶句して口を押さえた。

一瞬聞き間違えたのかと思った私に、玄湖は手のひらを差し出した。思いの外しっかりしたその手をじっと見る。

「も、もちろん小春さんさえよければの話さ。私は小春さんが大事だ。大切にしたい。小春さんは私みたいなぼんくらで、だらしない男は嫌かもしれない。それでも、この気持ちは本当なんだ。どうか……一時的な身代わりじゃなく、本物の花嫁として、ずっとこの屋敷で、私の側にいてはくれないだろうか？」

　玄湖はあのよく回るはずの舌で、しどろもどろになりながらそう言った。

　差し出した手は震えているし、金色の瞳も潤んでいた。

　それは、玄湖が私を望む言葉。

　意味を理解した私の心臓が、遅れて激しく鼓動を打ち始める。

　思わず助けを求めるように首を巡らせば、お重とお楽は後ろを向いて耳を塞いでいた。

　私の頬はますます熱くなる。

「あの……私で……本当にいいんですか」

「本当も何も、私は小春さんがいいんだよ。しっかり者で優しい小春さんに、すっかり惚れてしまったんだから」

　胸がきゅうっと痛む。しかしその痛みは悲しくも辛くもない。今まで感じたことのない甘やかな痛みだった。

　頭まで熱くてのぼせてしまいそうだ。

　くらくらして、口の中が乾く。唇を舐めて湿らせた。

　私はやっとの思いで玄湖に頷く。

「……私も、玄湖さんをお慕いしています」

なんとかそれだけを言う。恥ずかしさに目眩がしそうだった。

しかしその直後、玄湖の微笑みに見惚れた。目を細めて柔らかく微笑む玄湖。その笑みから喜びがじわじわと伝わってくる。

私は手を伸ばし、差し出された玄湖の手を握り返した。ぎゅっと握られた玄湖の手は緊張のためか指先が少し冷たい。それは私と同じだった。

「やったよ！　お重、お楽！　小春さんがうんと言ってくれた！」

「きゃあ！　く、玄湖さん！」

玄湖に手を引っ張られ、その場でくるりと回った。互いの髪の毛がひらひらと舞う。さながらダンスのよう。お重とお楽の呆れた視線に見守られながら、玄湖は楽しげにくるくると回り続けた。

目が回りそうなダンスもどきからようやく解放されたけれど、決して嫌な気分ではなかった。心はまだ踊っているみたいに高揚している。

「ああ、小春奥様が戻っていらっしゃるなんて、本当によかったよ。旦那様はふられちまうんじゃないかって気が気じゃなかったからね」

「まったく、お重は嫌なことを言うね」

ズケズケと言ったお重に、玄湖は鼻に皺を寄せ、いーっと子供みたいに口を横に開く。私はそのやり取りを見てくすっと笑ってしまった。

「それじゃ、あたしらはお燦狐の様子を見にいってくるかね」

「ええ……こういう時は、お若い方だけでごゆっくりどうぞ……でしょうか」

「そういうことさ」

二人はニヤッと笑い、私と玄湖も赤くなった顔を見合わせたのだった。

「麦ともこれからもずっと一緒よ」

「きゅうーん」

麦を抱きしめて撫でてやると、うっとりと目を細めて眠そうにしている。

「それ、私もやってほしいなぁ」

本気か冗談か、そんなことを言う玄湖に、私はクスッと笑う。

「もう、玄湖さんたら子供みたいなんだから」

案外本気かもしれない。玄湖は髪や尻尾を櫛で梳かすととても喜ぶのだ。これからは五本もあるから、梳かす方もやりがいがありそうだ。

その時だった。突然、ドォンッという激しい音がして屋敷が揺れた。

「きゃっ！」

「小春さん！　大丈夫かい！」

揺れた拍子にふらついた体をサッと玄湖に支えられる。

「今の音と揺れは一体――」

「まさか……！　お重！　お楽！」

すぐさまバタバタと廊下を走ってくる足音が聞こえた。そしてお楽とお重の悲鳴も。

玄湖はさっと私の肩を抱きしめ、庇うようにした。

「だ、旦那様！　お燦狐に逃げられました！　襖が吹き飛んで……」

「くっそう、とっておきの酒で潰して縛っておいたってのにさ！」

「お前たちは怪我してないかい？」

玄湖の問いに青ざめつつも二人は頷く。お楽がぼろぼろに千切れた縄の束を手にしていた。

「これだけが残され、部屋はもぬけの殻でございました……」

「うわあ、ひどいもんだ。とりあえず、誰にも怪我がなくてよかったよ」

「まさか、まだこんな力を残していたなんて……」

「ええ、あたしらも思いもしませんで」

「そんなことより、今はお燦狐が問題だ。お重が酒をしこたま飲ませてくれたからまだフラフラだろうが、しばらくしたら仕返しに戻ってくるかもしれないよ」

「そうですね……女狐というのは特に執念深いと申しますから……小春奥様が心配です」

お楽も心配そうに私を見つめる。

お重もうんうんと頷き、首を傾げた。

「でもねえ、本当に酔い潰れてたはずなんですよ。お燦狐の尾は確か三本だろう？　六尾の信田様だって足元がふらつくような酒をあれだけ呑んで、まさか姿をくらますだなんてさ」

「しかも縄を千切るなど……なんと野蛮な……」

「それも変な話だよねえ。縄を千切るくらい力が残ってるなら、小さな鼠に化けて逃げた方が楽なのにさ。襖だってそうさ。結界を張っているならいざ知らず、ただの襖を吹き飛ばすより、手で開けた方がずっと手っ取り早いじゃないか。逃げるなら尚更、バレないよう変化して、静かに逃げた方がいいだろう？」

「え、そんな小さな生き物にも化けられるのですか？」

私がそう問いかければ玄湖は頷いた。

「化け上手ならね。少なくとも狐の妖じゃ、怪力を出すより化ける方が簡単さ。ほら昔から、狐七化け狸は八化けって言うように、狸の方が化け上手ではあるんだが――」

その時、突如――シャン、と鈴の音がした気がして、ハッと顔を上げる。

もう聞こえるはずない音だ。だってあの鈴は私のお腹から奪われて、お燦狐の手元へ帰ったはずなのだから――

「――玄湖さんっ！」

私は鈴の音がどこから聞こえたのか気付いて、胃だか心臓のあたりが急激にヒヤッとした。慌てて玄湖の名を呼ぶ。

お楽の手には今もお燦狐を縛っていた縄が握られている。いかにも縄を千切って逃げ出したように見える、ぼろぼろの縄。

――その縄がピクリと蠢いた。

「その縄っ！　お燦狐です！」

私がそう指差した瞬間、縄がムクムクと膨張した。慌てたお楽が悲鳴を上げて手放したが、もう遅い。

ぼろぼろの縄だったものが、みるみるうちに人の形を取る。

そして、彼女――お燦狐が真っ赤な目で私を憎々しげに睨み、標的に選んだことまで見えてしまった。

お燦狐の長い牙、長い爪が私の体に狙いを定め、真っ直ぐに飛び込んでくる。声すら出せないその一瞬、玄湖が私の前へと立った。

「させるか！」

玄湖が指を二本ビッと立てると、お燦狐の動きが止まる。空中に縫い留めているかのようだ。

しかし鋭い牙を剥(む)き出しにして暴れるお燦狐を止めるのは玄湖でもきついらしい。くぅっと焦りの滲(にじ)む呻(うめ)き声を上げた。

「く、玄湖さん……」

「……させない。私はもう、小春さんを傷付けさせたりなんか、絶対にさせないんだ！」

お燦狐は獣の本性を丸出しにして威嚇(いかく)してくる。歯をギチギチと噛み鳴らし、今にも噛みつこうとしていた。

だが突然その動きを止め、ぎゅうっと体を丸くする。

あたりにシャンシャンと狂ったように鈴が鳴り始めた。今までで一番激しい鈴の音。

肌がビリビリするような音は怖気(おぞけ)を立たせ、嫌な予感が膨れ上がる。

お重やお楽も震え上がって互いに手を取り合っていた。

「しまった！　お重、お楽！　お前たちは小春さんを連れて屋敷の奥に！　お燦狐は自爆するつもりだ！」

「そんな！」

「だ……旦那様は？」

玄湖はそれに答えず、抑え込んだお燦狐を連れ、襖を弾き飛ばして中庭へ飛び出していった。

「く、玄湖さん！」

「いけません！　小春奥様！」

私はお重たちの手に抱いていた麦を押し付け、玄湖の後を追って中庭に出る。

追ってきた私を見て玄湖は目を見開いた。

「小春さん、駄目だ！　どうか逃げておくれ！　私は少しでも長くお燦狐を抑え込んでいるから！」

「いやっ！　玄湖さんも一緒じゃなきゃ！」

「いいから！　早く離れてっ……くそ……お燦狐め。やけに力が強いと思ったら、鈴に尾崎の妖気を溜め込んでいやがったな」

玄湖の声は、いつものどこかおどけたような楽しげなものではない。その絞り出すような声が、本当にこの状況が洒落にならないことを私に如実に伝えていた。

「小春さん……どうか、逃げて。私はこれでも五尾の狐だ。多少は意地もあるさ。それに尾崎家の当主なんだ。大事な奥さんも、この屋敷も奉公人も……どうもやこうもだって全部、私が守るんだ！」

「――よく言った、玄湖」

静かな声と共に、びゅうっと強い風が中庭に吹き付けた。その風は大量の紺鼠色をした小さな獣――いや小狐たちの姿になり、お燦狐へとへばりつき、あっという間に姿を覆い隠してしまった。

「おうおう、間に合ったなぁ、玄湖！」

勢いよく飛び込んで来たのは信田と、そして篠崎だった。

「悪ぃが緊急そうだったから、勝手に入らせてもらったぜ」

そう言って歯を見せて笑う信田はいつも通り。その背後に立つ篠崎は、静かにお燦狐の方を見据えていた。紺鼠色の小狐たちにしっかりと押さえ込まれた、お燦狐らしき塊はピクリとも動かない。

「玄湖、よく保たせた。術の下手くそなお前にしては珍しく及第点だ」

玄湖は篠崎の言葉を聞いてへなへなとその場に座り込んだ。

「篠崎さん……助かりましたが一言余計ですよぉ……」

情けなくもへにょりと眉を下げる。玄湖のその表情を見て、私も本当に助かったのだと実感して力が抜ける。

「まったく玄湖よぅ。惚れた女の前でくらい、最後までしゃきっとしやがれ！」

信田は口ではそう言いながらも、逞しい腕を玄湖に差し出して引っ張り上げた。

「あの……あ、ありがとうございます……！」

私は篠崎に頭を下げる。それから玄湖の傍らに寄り添った。信田に立たせてもらった玄湖がまだ背中を丸めぐんにゃりとしていたからだ。横から支えようとしたら、急にしゃっきりと背筋を伸ばした。

「……ぷ、必死に立って。あの玄湖が格好つけてら」

「もう、信田さん！」

玄湖は耳をうっすら赤くして信田に怒鳴った。

「さて、お燦狐も、もう反撃の力がなくなったようだ。玄湖、そろそろ小狐を解放するが構わないかね？」

「ええ、お願いします。お燦狐がまた暴れようが小春さんは絶対に守りますから」

篠崎は指を一本立て、音楽の指揮をするかのようにくるりと回した。

するとお燦狐を押さえ込んでいた小狐たちがさあっと離れていく。小狐たちは一本一本の細かな毛状になり、再度集まったと思ったら布状になり篠崎の手の上にはらりと落ちた。それをさっと羽織ると、真新しいコートとなった。

そのあまりの鮮やかさに私は目を見開く。

「篠崎さんはさっきみたいな、たくさんの眷属を操るのが上手なんだよ」

そう教えてくれる玄湖に、私は曖昧に頷いた。

ここへ来てから、過去へ行ったり、妖の不思議なことをたくさん見てきた。だが、まだまだ慣れそうにない。

篠崎の眷属である小狐が離れても、お燦狐はぐったりとその場に伏したままピクリともしなかった。さっきまでの暴れっぷりが嘘のようだ。

篠崎はお燦狐に歩み寄り、何かを拾い上げた。その手に載せられているのは——鈴。それはさっきまで激しい音を立てていた、長らく私のお腹の中に入っていたあの鈴に違いない。

「この鈴から尾崎の妖力を感じるね」

「……それは、元々はお燦狐のものですが、私が小春さんに飲ませたんです。しばらくしてからお燦狐に取り返されました」

玄湖の言葉に篠崎は小さく頷いた。

「ふむ、だからか。鈴はこの屋敷内の妖力を吸い取って力を蓄えていたらしい。お燦狐は鈴に溜め込まれた妖力を使って己の力を増していたのだろう。とはいえ、最後はやけっぱちになったようだがね」

危うく自爆されるところだったのだ。篠崎たちがくるまで玄湖が押さえ込んでくれていたからなんとかなったものの、かなり危険な状況だったのは妖に詳しくない私にも理解出来た。

篠崎はそれをコートのポケットに無造作に放り込んだ。そんなところは玄湖と少し似ている。

「さて、この野狐の処遇だが。我々善狐は全てが親族。善狐の決まりは野狐には通じんが、我が親族に手を出したのだ。ここは善狐と同じ罰を与えようと思う」

「ああ、そうだな。俺にゃ異議はないぜ」

篠崎は静かにそう言い、信田も頷いた。

私は玄湖へちらりと視線を向ける。

玄湖はいつものへらりとした笑みを浮かべた。

「なあに。殺したりなんてしませんよ。妖だから簡単には死なないし、痛いだけで意味はないけどさ」

「さてねえ、いっそ死んだ方が楽かもしれないぜ。これは高慢ちきにゃ厳しい罰さ」

信田は肩をすくめた。

「——善狐の罰は、尻尾抜きだ」

篠崎はお燦狐の三本の尻尾を指し示した。

「玄湖の時は五本のうち二本を抜いた。……まあ、まさか玄湖が尻尾を二本失くしてたとは知らなかったから、どこぞに隠しているとばかり思っていたのだが」

「まったくさ。玄湖のことだから自分で仕舞い込んで、そのまま隠し場所を忘れちまったんじゃないのかって心配してたんだぜ。まさか人形の付喪神が盗んでったなんてよ。本当、間抜けにもほどがあるぜ」

「うう……耳が痛いよ」

信田にそう笑われ、玄湖はがくりと項垂れる。

年上の信田や篠崎にはまるきり敵わないようで、教師に怒られる子供みたいだ。

「そもそも玄湖への尻尾抜きの刑は、お前のさぼり癖が何度言っても直らず、屋敷神への妖力も送らずに荒れるまま放置し、守るべき門すら守らなかったからだ。その見せしめと、反省を促すための行為だった。それは分かっているな」

玄湖は私の横で恥ずかしそうに頭を掻いた。

「このお燦狐にも尻尾二本抜きの罰を与える。小春さん。貴方は尻尾を一本に減らされた狐がどうなるか、しっかり見ているといい」

「は、はい！」

篠崎に突然そう話を振られ、私は慌てて頷く。

尻尾抜きだなどと、どんな恐ろしいことが起きるのかと思っていたが、なんと一瞬で終わった。

まるで大根でも抜くかのごとく、篠崎は無造作にお燦狐の尻尾を一本ずつ両手に掴んで引き抜いた。スポンと軽い音と共に抜けておしまい。痛みすらないのかお燦狐は気絶したまま呻きもしない。その手際に私は目を丸くした。

「さて、これでお燦狐は一尾の狐となった」

――と、次の瞬間、お燦狐の体がみるみる縮んでいく。

あっという間に美女から、ただの狐の姿に変わった。着ていた着物も消えてしまい、薄茶の狐がこてんと横たわっている。

「た、ただの狐になってしまいました……」

「そうとも。大抵の狐の妖は尻尾が一本になればこうなる。尻尾というのは我々にとっての力の源だからね。普通の狐は一本だろう。だから妖の狐とて、尻尾が一本になればただの狐も同然なのだ」

「でも、それじゃあ、どうして玄湖さんは――」

「それは私が強いからさ」

「も、もう、玄湖さんてば！」

混ぜっ返す玄湖に怒ろうとしたが、篠崎は真面目な顔で頷く。

「概ねその通りだ。玄湖は術の扱いは下手だが強い。そしてしぶとい。だからこそ、この屋敷を――ひいてはあの二つ門を守らせていたのだがね。さて、玄湖よ。お前の処遇についてだ」

「……はい。私の方はいくらでも罰を受けます。その覚悟はもうとっくに出来ています。ただ、可能なら、どうもとこうもに尻尾をやりたいんで、引っこ抜くのは三本までにしてはくれませんかね」

「玄湖さん！」

平気な声で言う玄湖に私は声を荒らげた。

「私が親族会議でみんなを騙そうとしたのは事実だ。小春さんを偽の花嫁に仕立て上げたのも、全てね」

しかし玄湖はいつも通りへらりと笑う。そのくせ決意を秘めた目をしていた。

「玄湖、いくらお前とて尻尾が全てなくなれば、山野を駆けるただの獣も同然になるのだぞ」

「ええ、篠崎さん、私はどうなってもいい。だから小春さんは見逃してください。それに妖の世のことなど何も知らない小春さんを、私が無理矢理引き入れたんです。それから屋敷の奉公人とどうもとこうもと、スイカツラも何も悪くない。全て私の責任に違いありませんよ」

「まったく、庇う相手が多過ぎるなぁ、お前」

「へへ、そうなんですよ。信田さん。どうにもね、大事な家族が多いもんで」

「ま、待ってください！　私は玄湖さんの本当の花嫁です！　確かに最初は身代わりでしかなかったけど、今は違います。私は私の意思で玄湖さんの花嫁を騙りました。私だって玄湖さんの共犯なんです！　ですから、玄湖さんに罰を与えるなら、どうか私にも！」

「何を言うんだ、小春さん！　違います。悪いのは私だけですよ！」

私の言葉に玄湖が血相を変える。

しかし私の心はとうに決まっていた。

私は本心から玄湖の傍らにありたいと願っている。玄湖も私を本物の花嫁にしたいと望んでくれたはずだ。だったら私だって罰を受けて当然だ。

「——落ち着きなさい」

しかしそんな私と玄湖は、篠崎の静かな声に制された。

「二人とも、何か勘違いをしていないか。私は玄湖があまりにも不真面目だから、心を入れ替えるように、と尻尾抜きの罰を与えたのだ。そして次の親族会議までに身を固めるなどして、その不真面目な心を入れ替えたと判断出来たら返すと約束した。玄湖、それに相違ないな」

「は、はい……」

「まだ分かっていないのか？　私がお前の心を入れ替えたと判断するかどうかが大事なのだ。花嫁を連れてくるかどうかは二の次。あくまで判断材料に過ぎない。それに、もっと言えば花嫁が妖だろうが人の娘だろうが関係ない」

「へ……？」

ぽかんと口を開いた玄湖の背を、信田がバチーンと音を立てて叩いた。

「あいたっ！」

「馬っ鹿だなあ玄湖！　篠崎さんは、はなっから怒っちゃいないのさ。それに小春さんはもう玄湖の本物の花嫁なんだろ？　それじゃあ騙すも何もありゃしないじゃないか。なんもしてないお前らにゃ、初めから罰を与えるつもりだってないっての！　大体よ、妖が人と結婚した身内は俺にもいると知っているだろう？　かの有名な信田の森の葛の葉狐ってな。人と妖の結婚だって禁忌でもなんでもないのさ。なあ篠崎さん！」

信田にそう言われ、篠崎はほんの少し頬を緩める。

その顔は、私が生まれる前の時代で見た、父さんや母さんの柔らかな微笑みによく似ていた。

「ああ。小春さんを助けたいと玄湖に請われ、取り上げた尻尾を返した時点で心を入れ替えたと判断した。……いい花嫁を得たな、玄湖」

「へへ、そうでしょう。私の花嫁は、私にはもったいないほど素敵なんですからね！」

「ったく、篠崎さんは厳しそうに見えて玄湖には甘いんだからさ。まあ、孫みたいなもんだろうからな」

薄く微笑む篠崎と、豪快に破顔する信田。二人の祝福の笑みは、間違いなく私にも向けられていた。

終章

「玄湖さん、ねえ、玄湖さんてば、あっちの部屋の箪笥（たんす）を動かしたいの。手を貸してくださいな」

「んーはいはい分かったよ」

「まったくもう、まーた全然聞いてないんだから！」

私は頬を膨らませた。

玄湖は私が何を言っても生返事で本を読んでいた。腹這（はらば）いになり、五本の尻尾（しっぽ）もゆらゆら揺れてだらしない格好だ。子供みたいに足をぶらぶらさせるから着物の裾（すそ）も捲（めく）れ上がっている。

これは駄目だと早々に見切りをつけた。玄湖はこうなってしまっては動かない。

「……じゃあ箪笥（たんす）は後回しにしましょう」

私は今日も尾崎家の掃除をしていた。

玄湖の本物の花嫁として——

身代わりから本物になったところで生活は特に変わらない。掃除をして、お重やお楽の手伝いなんかもする。たまに実家に帰り、骨壷にお線香を供えるくらいだ。

私は掃き出し窓から庭を眺める。野良スイカツラの群れの真ん中で、ぷっくぷくに大きく膨れ上がった麦が偉そうにふんぞり返っている。スイカツラは一番大きく膨らむ者をリーダーと認める性質（たち）があるらしい。

今や麦は、はぐれどころか群れで一番偉くなったのだ。

くすっと微笑んで掃除を再開すべく、明るい日差しの入り込んだ廊下に足を踏み出した。

「えーと、この部屋だったかしら……」

屋敷神（やしきがみ）は最近ますます増築を繰り返し、朝起きれば部屋が増えていることも珍しくない。そのせいで余計に掃除をする箇所が増えてしまうのだ。

そんなに真面目にやらなくていいのにと玄湖は言うが、そもそも汚い方がよほど落ち着かない。

元々は物置だったはずの襖（ふすま）を開ける。

——と、一つ目の巨大な男と目が合った。

玄湖よりよほど大きく屈強な体格の男はギラギラした瞳を私の方に向けている。

黒っぽい法師の着物を着た見覚えのない妖だ。またぞろ勝手に入り込んだ妖の類に違いない。

（……部屋、間違えた！）

さあっと血の気が引く。

「あ、あら、失礼しました」

そう言って何事もなかったように襖を閉めようとしたが、一つ目法師にさっと止められる。

「ニ、ニンゲン……！　食ウ!!」

「きゃあああぁ！」

毛だらけの手を伸ばされる――だがしかし、その手が私に触れることはなかった。

「小春！　大丈夫？」

「小春！　怪我はない？」

「た、助けに来てくれたのね……」

「うん。小春のこと好きだから」

「うん。小春のこと大事だから」

旋風のようにやって来て、一つ目法師をむぎゅっと押し潰したのは、南天と檜扇。

彼らはかつて、どうもとこうもと名乗っていた人形の付喪神だ。

玄湖が改めてきちんと体を作り直し、その髪の色が赤と黒だったことから、代々この屋敷の男の奉公人に付ける名前を彼らに名付けたのだ。

そのおかげもあって、もう玄湖の尻尾はなくとも二人は大丈夫になった。正式な付喪神になったから、らしい。

なんでもこれほど早く付喪神として再度動けるようになったのは、私の母さんの貝桶が同じ付喪神として彼らに力を与え続けてくれたからなのだそうだ。一対の人形だから、一対になる貝合わせの貝桶と相性がよかったのだとか。あまりにも元気いっぱいで、玄湖はまだまだこの子たちに手を焼いている。

今は不本意ながらもこの屋敷の奉公人として、私と共に家事を手伝ったり、こうして勝手に入り込んだ危ない妖を追い出してくれるようになった。

「ありがとう、助かったわ。南天、檜扇」

そうお礼を言えば屈託なく笑う。

かつてうっすら感じていた怖さはもうない。今は私の大切な家族だ。

「こっ小春さん！　今の悲鳴は……⁉」

遅ればせながらドタドタとやって来た玄湖に、南天と檜扇はべーっと舌を出した。

「玄湖おっそーい！」

「玄湖のろまー！」

「くぅ……先を越されたか」

玄湖もこうして私の身を案じて助けに来てくれる。その手には麦が抱かれていて、私の胸元にぴょんと飛び込んできた。

「きゅうん！」

「置いていってごめんってば」

麦もまた私を守ろうとしてくれるのだ。

屋敷の中でたまに妖と遭遇しても、絶対に誰かが駆けつけて助けてくれる。そんな安心感があった。

更に廊下を走る足音がした。

「小春奥様ー！」

「ひ、悲鳴が……！」

お重は菜切包丁、お楽にいたっては布団叩きを構え、へっぴり腰での参戦だ。そんな姿に、南天と檜扇は隠すことなくケラケラ笑う。

「心配かけてごめんなさい。南天と檜扇がもうやっつけてくれたから」

「よかった！　またお燦狐が戻って来たらどうしようかって……」

「さすがにまだ獣のままでしょうが心配で……」

二人はホッと胸を撫で下ろしている。

「お重、お楽。大丈夫だって。尻尾を抜かれた後、うんと遠くの山に放されたんだから。心を入れ替えない限り、あと数十年は尻尾が一本のままさ」

玄湖はそうへらりと笑う。

「それに次に顔を見せたら、私だってただじゃおかないからね！　私の大事な人なんだから、次は絶対守り抜くよ」

そう言って私の手を握る。

私も玄湖へ微笑んだ。

——私の大切な旦那様と家族たち。

「ありがとうございます、玄湖さん。それじゃ、一ついいことを教えてあげます。今日のお昼ご飯は玄湖さんの大好きなあれですよ」

「え、じゃあオムライスかい⁉」

途端に金色の瞳を輝かせ、五本の尻尾がゆっさゆっさ揺れて風が巻き起こった。

オムライスが好きなのは玄湖だけではない。わあいと喜んで両手を上げたのは南天と檜扇だった。

彼らの喜びように私も嬉しくなる。

「ええ、家にあるトマトでケチャップから作ってみたんです。なんて、ほとんどお重に手伝ってもらったんですけどね」

「いやいや、あたしじゃ洋食は作れませんもの。小春奥様のおかげですよ」

お重は恥ずかしそうに手を振った。

「じゃあ料理の教本のおかげってことにしておきましょうか。そうそう、お楽に教わったのだけど、トマトの汚れってお日様に当てると消えてしまうの！」

「ええ、トマトのシミでしたらそれが一番です……もしもケチャップで汚しても、安心してくださいましね……」

「じゃあ、零しちゃっても怒られないね！」

「じゃあ、零しちゃったらお日様に干そうね！」

南天と檜扇の無邪気な言葉にお楽もニコニコしながら頷く。

楽しい話はいつまでも尽きない。

「それじゃ、少し早いけどお昼ご飯にしましょうか」

皆の笑顔をぐるりと見回して私はそう言った。

「ううむ、好物を出されちゃ掃除も手伝わないわけにはいかないね。箪笥を動かすんだっけ？　オムライスを食べたらやるかねえ。……ついでに危なそうな居候は掃き出して、大掃除しとこうか」

玄湖はへにょりと眉を下げる。

珍しく自発的に掃除を手伝ってくれるらしい。南天と檜扇は賛成と手を上げ、お重もお楽もうんうんと頷く。麦はきゅぅーっと可愛らしい遠吠えで賛成の意を示した。

私は微笑んで玄湖に小指を差し出す。

「ええ、約束ですからね！」

「分かってるよ。約束は守るさ」

絡めた指は温かかった。

迦国あやかし後宮譚
1〜2
著 シアノ
皇帝が選んだのはあやかし憑きの少女⁉
アルファポリス
第13回
恋愛小説大賞
編集部賞
受賞作
妾腹の生まれのため義母から疎まれ、厳しい生活を強いられている莉珠。なんとかこの状況から抜け出したいと考えた彼女は、後宮の宮女になるべく家を出ることに。ところがなんと宮女を飛び越して、皇帝の妃に選ばれてしまった！　そのうえ後宮には妖たちが驚くほどたくさんいて……
陰謀渦巻く後宮で皇帝命の危機⁉
●各定価：726円（10％税込）
●Illustration：ボーダー

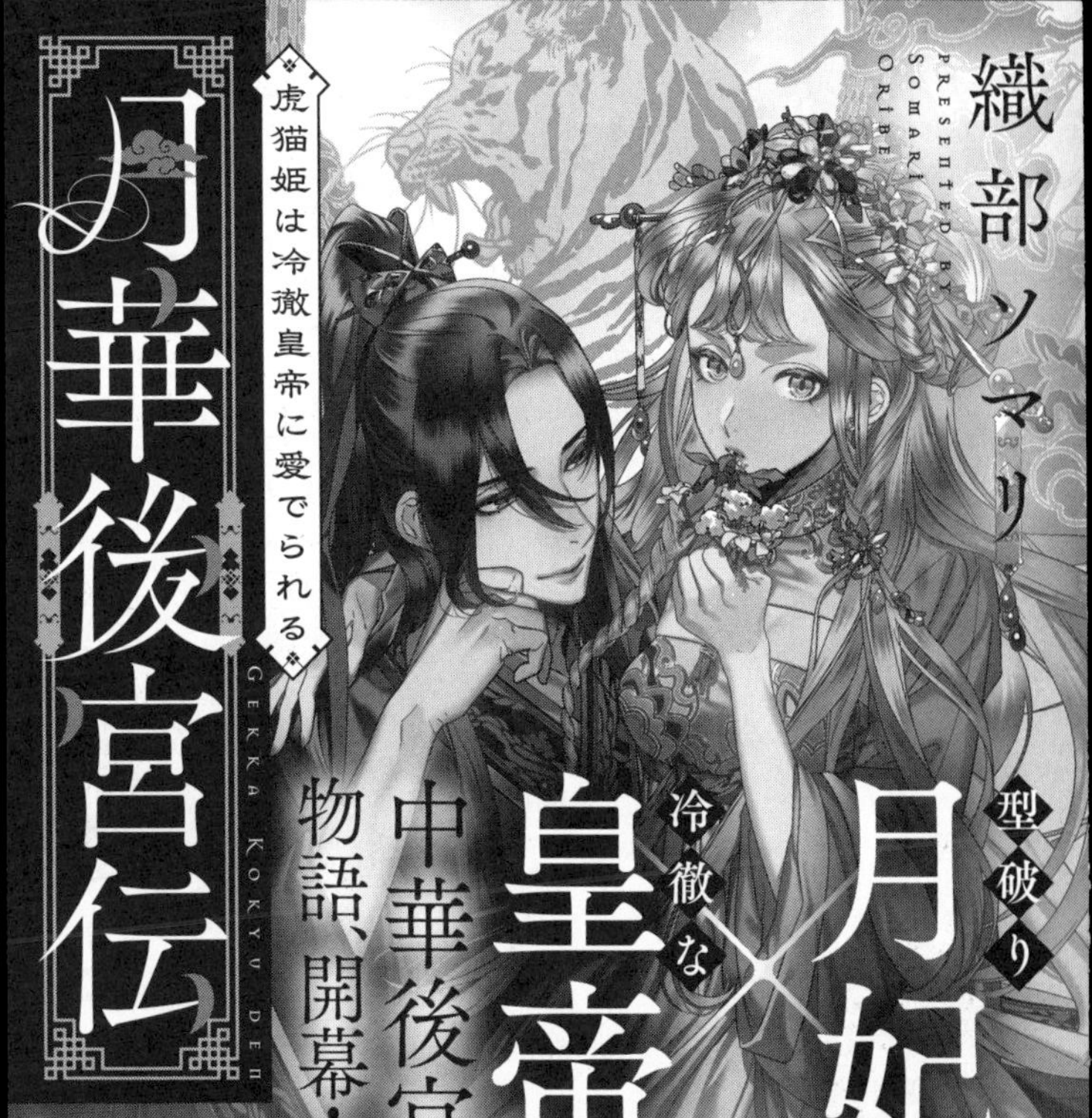

虎猫姫は冷徹皇帝に愛でられる

月華後宮伝

GEKKA KOKYU DEN

織部ソマリ

PRESENTED BY SOMARI ORIBE

型破り月妃×冷徹な皇帝

中華後宮物語、開幕！


煌びやかな女の園『月華後宮』。国のはずれにある雲蛍州で薬草姫として人々に慕われている少女・虞凛花は、神託により、妃の一人として月華後宮に入ることに。父帝を廃した冷徹な皇帝・紫曄に嫁ぐ凛花を憐れむ声が聞こえる中、彼女は己の後宮入りの目的を思い胸を弾ませていた。凛花の目的は、皇帝の寵愛を得ることではなく、自らの最大の秘密である虎化の謎を解き明かすこと。

後宮入り早々、その秘密を紫曄に知られてしまい焦る凛花だったが、紫曄は意外なことを言いだして……？

あらゆる秘密が交錯する中華後宮物語、ここに開幕！

◎定価：726円（10%税込み）　◎ISBN978-4-434-30071-4

◎illustration:カズアキ

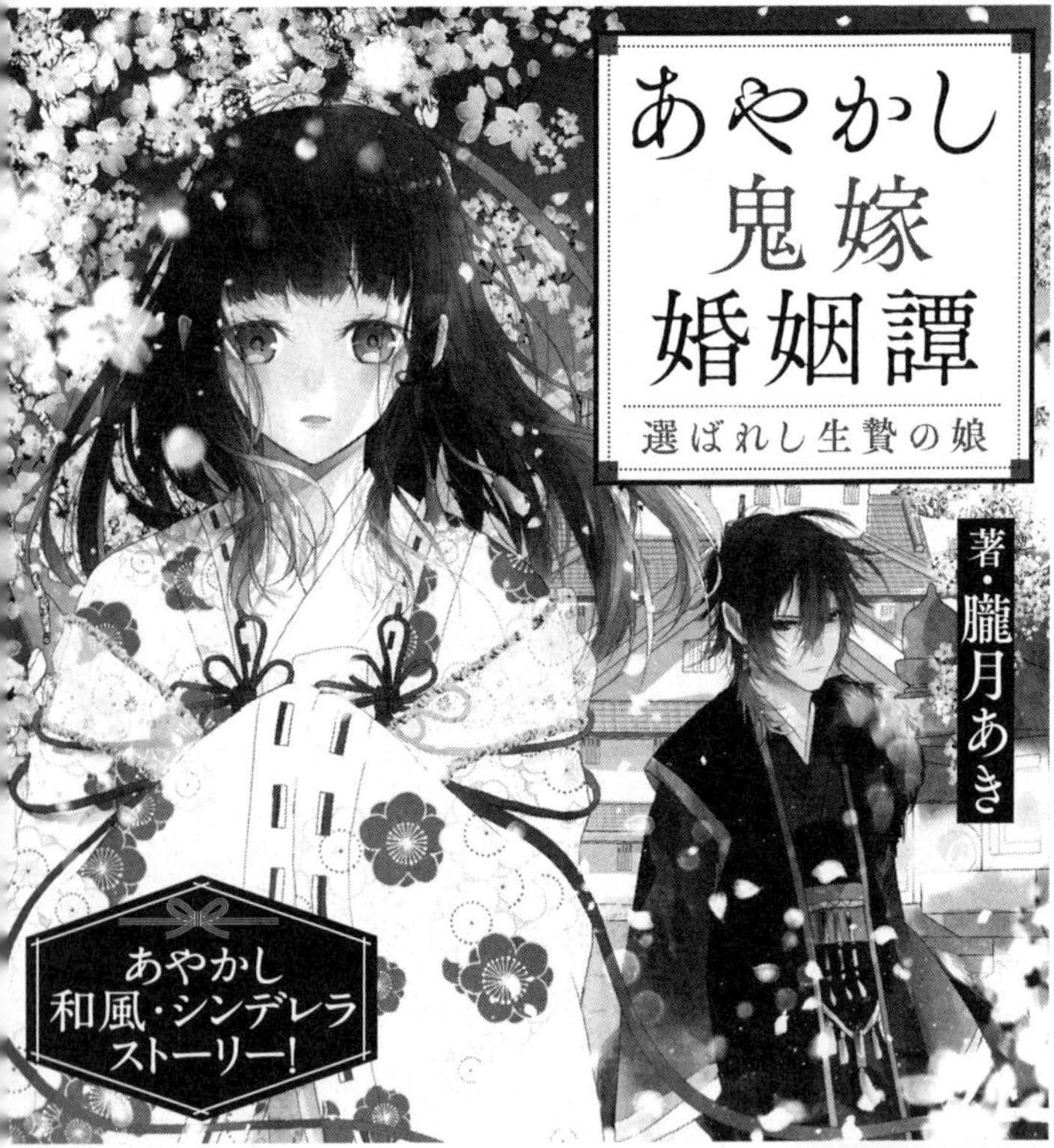

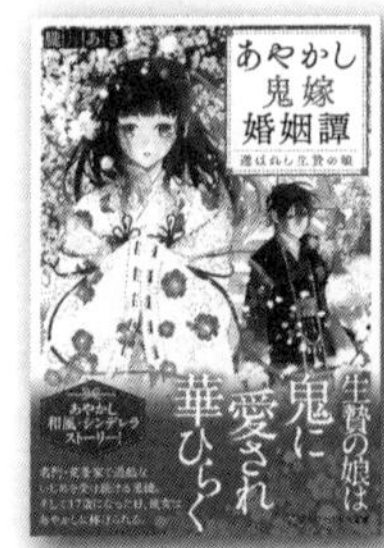

あやかし
鬼嫁
婚姻譚
選ばれし生贄の娘
著・朧月あき
あやかし
和風・シンデレラ
ストーリー!

生贄の娘は、
鬼に愛され華ひらく

あやかし
鬼嫁
婚姻譚
選ばれし生贄の娘
生贄の娘は
鬼に
愛され
華ひらく
あやかし
和風・シンデレラ
ストーリー!

天涯孤独で養護施設で育った里穂。ある日、名門・花菱家に養女として引き取られるも、そこで待っていたのは、周囲の皆から虐めを受ける過酷な日々だった。そして十七歳の誕生日、里穂はあやかしの「生贄」となるよう養父から告げられる。だが、絶望する里穂に、迎えに来たあやかしは告げた。里穂は「生贄」ではなく、あやかしの帝の「花嫁」になるのだと――

定価:726円(10%税込)　ISBN 978-4-434-29495-2

イラスト:セカイメグル

あやかし猫の花嫁様
湊祥
Sho Minato
不本意ですが イケメン猫と
新婚生活はじめます。
CHECK!
アルファポリス
第3回
キャラ文芸大賞
奨励賞受賞作!
田舎の一軒家で一人暮らしをする大学生の茜。それなりに平穏な毎日を送っていたはずが、突然、全てのあやかし猫を統べる化け猫・常盤の妻になってしまう。しかも、一緒に暮らさないと命を狙われるというオプション付き!? どんなに甲斐性抜群のイケメンでも、そんな結婚絶対無理——と、早々に離婚を申し出た茜だけれど、何故かこの結婚、ちょっとやそっとじゃ解消できない呪いがかかっていて……。自由すぎる極甘夫と円満離婚を目指す、新妻奮闘記!
◉定価：726円（10%税込）
◉ISBN:978-4-434-28653-7
◉Illustration：ななミツ

森原すみれ

あやかし薬膳カフェ「おおかみ」

ここは、人とあやかしの心を繋ぐ喫茶店。

アルファポリス
第3回
キャラ文芸大賞
特別賞
受賞作！

身も心もくたくたになるまで、仕事に明け暮れてきた日鞠（ひまり）。ある日ついに退職を決意し、亡き祖母との思い出の街を探すべく、北海道を訪れた。ふと懐かしさを感じ、途中下車した街で、日鞠は不思議な魅力を持つ男性・孝太朗（こうたろう）と出会う。薬膳カフェを営んでいる彼は、なんと狼のあやかしの血を引いているという。思いがけず孝太朗の秘密を知った日鞠は、彼とともにカフェで働くこととなり——

疲れた心がホッとほぐれる、
ゆる恋あやかしファンタジー！

◎定価：726円（10%税込）　◎ISBN 978-4-434-29734-2

illustration：凪かすみ

この作品に対する皆様のご意見・ご感想をお待ちしております。

おハガキ・お手紙は以下の宛先にお送りください。

【宛先】

〒150-6008 東京都渋谷区恵比寿4-20-3 恵比寿ガーデンプレイスタワー 8F
（株）アルファポリス　書籍感想係

メールフォームでのご意見・ご感想は右のＱＲコードから、
あるいは以下のワードで検索をかけてください。

アルファポリス　書籍の感想　検索

ご感想はこちらから

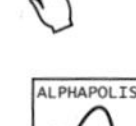

アルファポリス文庫

あやかし狐の身代わり花嫁

シアノ

2022年　4月25日初版発行
2022年 12月15日 2刷発行

編集－本山由美・森 順子
編集長－倉持真理
発行者－梶本雄介
発行所－株式会社アルファポリス
〒150-6008東京都渋谷区恵比寿4-20-3恵比寿ガーデンプレイスタワー8F
TEL 03-6277-1601（営業） 03-6277-1602（編集）
URL https://www.alphapolis.co.jp/
発売元－株式会社星雲社（共同出版社・流通責任出版社）
〒112-0005東京都文京区水道1-3-30
TEL 03-3868-3275
装丁イラスト－ごもさわ
装丁デザイン－西村弘美
印刷－中央精版印刷株式会社

価格はカバーに表示されてあります。

落丁乱丁の場合はアルファポリスまでご連絡ください。

送料は小社負担でお取り替えします。


ISBN978-4-434-30217-6 C0193